双葉文庫

照れ降れ長屋風聞帖【二】

残情十日の菊

坂岡真

目次

※本書は２００５年２月に小社より刊行された作品に
加筆修正を加えた「新装版」です。

七両二分

一

文政《ぶんせい》四年（一八二一）立秋。

軒から雨だれが落ちている。

狭苦しい部屋のなかには傘《かさ》の花が咲いていた。

三左衛門《さんざえもん》は古傘の骨を削り、油紙を貼ってはまた骨を削りつづける。

ぼさぼさの総髪に無精髭《ぶしょうひげ》、身に纏《まと》うのは汗ばんだ黒橡《くろつるばみ》の古着、かつて富岡《とみおか》七日市藩《なのかいちはん》では類《たぐ》い希《まれ》なる小太刀の達人と評され、殿様警護の馬廻《うままわ》り役まで務めた男だが、面影は微塵《みじん》もない。ただの四十男である。

長屋の嬶《かか》ぁどもからは「甲斐性《かいしょう》なしの二本差しの目刺《めざ》し男」などと囁《ささや》かれ、

おまつという子持ちの年増に食わせてもらっていた。人別帳《にんべつちよう》にも「上州《じようしゆう》浪人浅間《あさま》三左衛門、日本橋堀江町《にほんばしほりえちよう》甚五郎《じんごろう》長屋まつ方、罷在候《まかりありそうろう》」と記載されている。

しかし、体面など意に介さずといった調子で、三左衛門はいつも飄々《ひようひよう》としていた。

酒鬼と呼ばれるほどの酒豪だが、酒に呑まれたことはない。

博打《ばくち》も打たず、女も買わず、趣味といえば川柳《せんりゆう》と釣り。

浮世小路《うきよしようじ》の茶屋で投句《とうく》の引札《ひきふだ》を貰い、気が向けば三味線《しやみせん》堀《ぼり》あたりで糸を垂れ、帰りがけに河岸《かし》の居酒屋で一杯ひっかける。それが判で押したような習慣であった。にもかかわらず、このごろは投句も釣りも酒さえも途切れがちになった。

「銭がない」

投句の入花料《にゆうかりよう》は十二文、酒一合ぶんの値段だが、それすらも懐中《ふところ》にないときがある。

稼ぎ頭のおまつが暑気あたりの病に罹《かか》り、半月ほど寝込んでしまったからだ。

「鬼の霍乱《かくらん》よ」

三左衛門にしても惚《ほう》けた顔で鼻毛ばかり抜いていたわけではない。扇面《せんめん》の絵付けやら傘貼りやらの賃仕事を、きちんとこなしていた。古傘一本の骨を削れば五十文、油紙を貼りつければ百文にはなる。稼ぎのほとんどは味噌《みそ》や醬油《しようゆ》代に変わった。食費だけではない。厚かましい大家の弥兵衛《やへえ》は家賃の値上げを宣言した。七つになったおすずの習い事にも金はかかる。

おまつはようやく床をあげ、昨日あたりから得意先廻りをはじめた。

——書入時《かきいれどき》に寝てなんぞいられないよ。

強気な大黒柱の商売は、男女の縁をとりもつ仲人《なこうど》稼業である。縁談がまとまれば、仕度金の一割は手数料収入になるので、仲人は十分一屋《じゆうぶいちや》とも呼ばれていた。

明日は年にいちど牽牛《けんぎゆう》と織姫《おりひめ》が出逢う七夕《たなばた》、なるほど、十分一屋にとっては今が書入時にちがいない。ところが不運にも、未明からしとしと雨が降りつづいている。

「おまつ……風邪《かぜ》をひかねばよいが」

三左衛門はひとりで昼餉《ひるげ》を済ませ、売り物の古傘を手に取った。

露地裏から表通りへ出ると、木戸脇の下駄屋《げたや》から声が掛かった。

「おや、お出かけですかい」

「散歩だよ、そのうちに雨も熄《や》むだろうさ」

「丑刻《うしどき》に降りはじめた雨ですぜ、夜まで熄みやしねえ」

「そうか、丑雨《うしあめ》か」

「へへ、下駄屋は商売になりやせんや。そのかわし、隣の傘屋は喜ぶって寸法だあ。泣くやつの隣には、かならず笑うやつがいる。そいつが照降町《てりふりちょう》の裏長屋でさあ」

日本橋堀江町の表通りには、履物屋と傘屋が多い。

ために、この界隈《かいわい》は照降町の名で親しまれている。

寂しげに笑う五十過ぎの下駄職は、名を伊助《いすけ》といった。

伊助の部屋は店舗付きのふた間つづき、裏にまわれば勝手口もある。三左衛門の住む九尺二間《くしやくにけん》の住居《すまい》にくらべれば、家賃も五倍の二分はする。真面目な居職《いじよく》なら誰でも、この程度の店《たな》を保つことはできるのだ。

「雨の日ってな憂鬱《ゆううつ》でならねえ。だけど、旦那にゃ稼ぎ時じゃねえんですかい」

「朝から古傘の骨を削っておるとな、いいかげん気が滅入《めい》ってくる。雨降りでも散歩に出掛けたくなるのよ。ま、骨休めってやつだな」

「骨を削って骨休め、そいつは洒落《しやれ》ですかい」

伊助は無口な男だが、今日はなぜかよく喋《しやべ》る。

「娘のおふみに縁談が舞いこみやしてね」

「そいつはめでたいな」

「相手はお店の若旦那なんで」

と、伊助は嬉しそうに自慢する。

一人娘のおふみは、もうすぐ二十歳《はたち》になる。

行きおくれるのを心配していたところへ、棚から牡丹餅《ぼたもち》の縁談が降ってわいた。

若旦那は縁日でおふみを見掛け、岡惚《おかぼ》れしたのだ。

「当人どうしは喋ったこともねえのに、先様が知りあいを介して文《ふみ》をよこしたんでさあ。いえね、あっしは知らねえわけでもねえんだ。たまたま、若旦那の駒下駄をこせえたことがありやしてね、へえ、若旦那の足ってな、土踏まずのねえ足でやした」

「ふうん」

「土踏まずのねえ男ってのは、てえげえ裏表のねえ性分と相場がきまってておりやす」

「まことか、それは」

じつを言うと、三左衛門にも土踏まずがない。

秘かに羞《は》じていたので、伊助の指摘に救われた気分だった。

「なにはともあれ、めでたい。おぬしの娘は長屋でも評判の縹緻《きりょう》良《よ》しだ。気立ても良いし明るいし、おふみならば申し分のない若内儀《わかおかみ》になるさ」

「へ、こりゃどうも。五年めえに病気で嬶ぁを亡くしてからというもの、おふみのやつにゃ苦労のかけどおしで……へへ、はなしがまとまってくれりゃ、あっしも肩の荷が下りまさあ」

ずりっと、伊助は洟水《はなみず》を啜《すす》りあげた。

どうせなら、十分一屋のおまつに声を掛けてくれればよかったものを、と、そんなふうにもおもったが、恨み言を吐けば実直な伊助を困らせてしまう。

三左衛門はもういちど祝いのことばを述べ、雨中へ踏みだした。

水浴に硯洗《すずりあら》いに井戸替えと、七夕には水に因《ちな》んだ行事が好まれる。

だが、この時節の長雨はめずらしい。たいていは、さらっと降ってすぐに上がる。七夕の前日はどの家も五色《ごしき》の短冊を青竹に結びつけ、物干し台などに括《くく》るのだが、この雨では飾りつけの手もすすむまい。

三左衛門は足を速めた。

日本橋の町屋を横切って八《や》ツ小路《こうじ》にいたり、昌平橋《しょうへいばし》から神田川《かんだがわ》を渡って湯島《ゆしま》へむかう。男坂をのぼりきり、湯島天神の境内《けいだい》から鳥瞰《ちょうかん》する七夕の風景は、浮世絵にも描かれるほど美しい。おもいたったからには、雨が降ろうと槍《やり》が降ろうと、突きつめねば気が済まない。

三左衛門は息を弾ませ、急勾配《きゅうこうばい》の男坂をのぼりきった。

江戸じゅうに無数の短冊竹がなびく風景を期待したが、境内から見下ろす町並みは烟《けぶ》るような雨に霞《かす》んでいた。

「七夕の出逢いをはばむ丑の雨」

一句詠《よ》みながら矢立《やたて》をとりだし、懐紙《かいし》にさらさら書きつける。

懐紙の川柳は溜まっても、投句にまわす銭がない。

虚しい気分で筆を嘗《な》めると、駒下駄の音が聞こえてきた。

湯島天神の境内には、豪勢な門構えの料理茶屋がある。

門口からあらわれたのは、ふたりの小粋な芸者だった。

派手な色調の唐傘《からかさ》を右手に、吹流しやほおずきの飾られた青笹を左手に携《たずさ》え、漫《そぞ》ろに近づいてくる。

と、そこへ、恰幅《かつぷく》の良い商人風の男が裾をからげ、糸鬢奴《いとびんやつこ》のように駈けてきた。男は両手で芸者たちを抱きよせ、酒に酔った赤ら顔で「ぐふぉふぉ」と意地汚く笑いあげる。

「どや、水も滴《したた》るええ男やろが」

口を衝《つ》いて出た科白《せりふ》には、上方訛《かみがたなま》りがあった。

「わては難波屋豪右衛門《なにわやごうえもん》や。金ならなんぼでもあるでえ」

豪右衛門の背後から、さらに、ふたりの男がやってきた。

ひとりは痩《や》せた小男で、萎《しお》れた菜《な》っ葉《ぱ》のように項垂《うなだ》れている。

目つきの鋭い大男のほうは、用心棒の渡り者にまちがいない。

豪右衛門は振りむきざま、大男を偉そうに叱りつけた。

「赤兵衛《あかべえ》、まごまごせんと、いてこましたらんかい」

「へえい」

赤兵衛と呼ばれた大男は勿体《もつたい》ぶった口調で応じ、やにわに、小男の脾腹《ひばら》を蹴飛ばした。

水溜まりにすっころぶ小男を指差し、ふたりの芸者は笑いころげる。

豪右衛門はずいっと一歩踏みだし、千両役者ばりの大見得《おおみえ》を切った。

「ざまあみさらせ、他人様《ひとさま》に銭を借りたら、期限までに返さなあかん。赤子でもわかる道理や、のお、おまえたち」

「まことに、旦那さまの仰《おつしや》るとおり」

芸者のひとりが合いの手を入れると、泥だらけの小男は地べたに額を擦りつけた。

「勘弁してくれ、おいらは左官だ。雨さえ上がったら金は返《けえ》す。このとおり、あと二、三日待ってやっておくんなさい」

「ふん、泣き言なんぞ聞きとうない。あんたは酒と博打に溺《おぼ》れ、お天道《てんとう》はんにも見放された男や。今日じゅうに銭は返してもらうで。それが無理やというなら、約定《やくじよう》どおり、嬶ぁを岡場所へ売っとばすしかあらへんがな」

難波屋豪右衛門は上方出身の成りあがり者、たちのわるい高利貸しなのだ。

小男は赤兵衛に首根っこをつかまれ、男坂のてっぺんまで引きずられていった。

「うわっ、やめろ」

叫んだ途端に背中を蹴られ、急坂を転がりはじめる。

血だらけになっても転がりつづけ、小男は坂の途中で動かなくなった。

芸者たちもさすがに、声を失っている。

「辛気《しんき》くさい顔はすな。人間、あれしきのことで死にゃあせんわ。さ、呑みなおしや」

豪右衛門は番犬の赤兵衛と芸者衆をしたがえ、雨のむこうへ消えていった。

一方、疵《きず》だらけの小男はなんとか立ちあがり、坂道をふらつきながら降りてゆく。

「いやなものをみたな」

骨休めの散歩のつもりが、鬱陶《うっとう》しい気分にさせられた。

雨が降り、泣くやつの隣には、かならず笑うやつがいる。

下駄屋の伊助が漏らした科白は、当たっているとおもった。

二

文政四年は第十一代将軍家斉《いえなり》の治世下、凶作つづきで米価は高騰《こうとう》し、庶民の暮らしむきはけっして楽ではない。職にあぶれた浪人どもが市中を彷徨《うろつ》き、白昼堂々の辻強盗《つじごうとう》などもままあった。

裏長屋の嬶ぁたちは井戸端で顔を顰《しか》め、物騒な世の中だよと囁きあっている。


七夕の当日は、からりと晴れた。

この日は江戸じゅうで、一斉に井戸替えがおこなわれる。

照降町の裏長屋でも、男たちが総出で井戸の水汲《みずく》みをおこなった。

「ほれ、えっさっさあ」

嬶ぁどもは楽しそうに手拍子《てびょうし》を打ち、褌《ふんどし》姿の旦那を煽《あお》りたてる。

地主の甚五郎《じんごろう》は大工の棟梁《とうりょう》なので、鯔背《いなせ》な法被《はっぴ》姿であらわれた。

甚五郎にすべての仕切りを任されているのは、大家の弥兵衛だ。

強欲な弥兵衛は赤っ鼻を擦り、作業の進捗《しんちょく》に目を光らせている。

井戸は玉川上水《たまがわじょうすい》を引きこんだ呼び井戸、地下水を汲みあげる掘り井戸の深さはない。といっても、檜材《ひのきざい》でつくられた井戸桶《おけ》の内側は水垢《みずあか》でぬるぬるしており、底板には一年分の泥が溜まっている。

水を汲みおわったら、こんどは泥を搔《か》きださねばならない。

「搔きだせ搔きだせ、えっさほいさっさあ」

三左衛門もおまつに尻を叩かれ、捻《ねじ》り鉢巻《はちま》きで桶を担いだ。

小紋《こもん》を纏った大柄なおまつは、長屋ではひときわ目立っている。三十路《みそじ》を過ぎても膚《はだ》の色艶は若々しく、華やいだ雰囲気を感じさせた。元来は糸を商う大店のお嬢さまで、若い時分は呉服町《ごふくちょう》の小町娘と騒がれたものらしい。

隣では七つのおすずが青笹を振り、近所の洟垂れといっしょにはしゃいでいる。おすずは小才の利くこまっしゃくれた娘だが、ふっくらした面立ちが愛らしかった。

「ほれ、えっさっさあ」

下駄屋の伊助も負けじと桶をはこび、娘のおふみはその様子を心配顔で凝視《みつ》めている。

御神酒《おみき》や浄《きよ》め塩、貧乏長屋にしては豪勢な昼餉の仕度もできていた。

家々の軒先には色鮮やかな短冊竹が飾られ、露地裏はさながら祭りのような喧《けん》噪《そう》にとりつつまれた。

みなで泥水を掻きだしたあとは、専門の井戸職が井戸にはいる。

井戸職は井戸桶を丹念に洗い、最後にかならず落とし物を拾いあげた。

櫛簪《くしかんざし》にはじまって、遊び道具の貝独楽《ばいごま》に羽子《はご》の球、柘植《つげ》の入れ歯に丸眼鏡《まるめがね》、一文銭から小粒金にいたるまで、落とし物はけっこうある。

昨年は山手の豆腐屋《とうふや》の掘り井戸から、若い女の腐乱死体がみつかった。勝手に身投げした女のせいで、豆腐屋の主人は八丈島《はちじょうじま》に流され、一家は離散の憂《う》き目《め》に遭《あ》った。水をあつかう商売だけに、水に流せばよいものをと長屋の連中は口々に言い、豆腐屋に同情を禁じ得なかったという。

さしずめ、井戸替えの終盤は宝探しの様相をみせる。

「ほれ、銀の簪だよ」

などと叫びつつ、井戸職がひょっこり顔を出すたびに、女たちの歓声が沸きあがった。

好奇心旺盛《おうせい》な長屋の嬶ぁどもにとって、他人の秘密を掘りおこすことほどの楽しみはほかにない。名乗りでられない落とし主のなかには、親にも言えぬ事情を抱えた年頃の娘たちもまじっていた。井戸の底には、さまざまな人間模様が隠されている。

三左衛門は部屋へもどり、畳のうえでごろりと横になった。

「ほとほと疲れたわい」

木刀を千回振るよりも、水桶運びは骨が折れる。おすずに良いところをみせようと、張りきりすぎたせいだろう。三左衛門は、いつのまにか眠りに落ちた。起きてみると、お祭り騒ぎは失せている。おまつがおすずの手を引いて、ちょうど戻ってきたところだ。

「眠っていなすったのかい」

「腰が悲鳴をあげおってな」

「情けないねえ」

と漏らしつつも、おまつはいつになく機嫌がよい。

三左衛門が見栄を捨て、井戸替えを手伝ってくれたことに感謝しているのだ。

おまつは表裏のない女で、誰にたいしても気配りができる。隣近所からの受けもよく、よろず相談屋なみに頼りにされているのだが、じつは苦労人であった。

二十歳で紺屋《こうや》へ嫁《とつ》いだものの、浮気性の旦那に懲《こ》りて無理やり三行半《みくだりはん》を書かせた。

不幸は不幸を呼び、娘のおすずを連れて出戻ったところ、実家の上州屋《じょうしゅうや》は押しこみ強盗に遭って潰れ、両親は心労のせいで逝《い》ってしまった。

四年前のはなしだ。そのころ、三左衛門はおまつと知りあった。

おまつの父富蔵《とみぞう》は三左衛門と同郷の富岡出身、浪々の身で江戸に出てきてからは金銭の面倒をみてもらっていた。世話になった恩返しにと、富蔵の病床を見舞ったのがきっかけだった。

日本橋の表通りから上州屋の看板が消えたのち、三人は照降町の貧乏長屋で家族同然に暮らしはじめた。しかし、おすずには「おとっつぁん」とも「父上」とも呼ばれたおぼえがない。「おっちゃん」と呼ばれるたびに、寂しいおもいをしてきた。

ならば、おまつと正式に祝言をあげればよいところだが、いまさらという気恥ずかしさが先に立つ。一方、おまつも内心では夫婦《みょうと》になるのを望んでいるものの、しっかり者だけに日々の稼ぎを優先し、自分の気持ちは胸の奥に仕舞いこんでいる。

「井戸替えが終わったら、なんだかすっきりしたよ」

おまつは芙蓉《ふよう》の描かれた浴衣《ゆかた》に着替え、団扇《うちわ》を揺らしはじめた。

かたわらでは、おすずが芋《いも》の葉から取ってきた露《つゆ》で墨を磨っている。

「えらいぞ、おすず」

夜になったら梶《かじ》の葉を七枚用意し、芸事の向上を願いながら詩歌を書きつける。そして、梶の葉を青笹とともに川へ流すのが、七夕の最後を飾る行事だった。

三左衛門はおすずから目を逸《そ》らし、おまつに水をむけた。

「井戸職は帰ったのか」

「ええ、とっくに」

「戦利品は」

「櫛簪に入れ歯まで、ごっそり出てきましたよ。いっとう値の張るお品は、鼈甲《べっこう》細工《ざいく》の櫛だろうねえ。下手《へた》すりゃ一両はくだらないお品さ」

「ほう、一両の櫛か」

「名乗りでる娘もいなくて、弥兵衛さんの預かりになっちまったけど」

「赤っ鼻の大家め、質に流す気だな」

「あたしのみたところ、あの櫛はおふみちゃんのものだね」

「おふみ、下駄屋の娘か」

「事情《わけ》ありなんですよ、きっと」

「伊助に聞いたが、おふみには縁談が舞いこんだらしいぞ」

「存じておりますとも。お相手は通塩町《とおりしおちょう》にある袋物屋の若旦那。おふみちゃんによほどご執心らしく、持参金なぞ一文もいらぬから、どうあっても嫁に欲しいと申してたとか」

「玉《たま》の輿《こし》だな。伊助が喜ぶのも無理はない」

「ところが、肝心の本人が乗り気じゃなさそうでね。これは女の勘ですけど、おふみちゃんには好いたおひとがあるんですよ。しかも、伊助さんに知られちゃまずいお相手なんでしょ」

「鼈甲の櫛は、好いた男に貰ったのか」

「たぶんね。可哀相《かわいそう》に、あの娘は櫛といっしょに運も井戸へ落としちまったのさ」

袋物屋の若旦那に見初《みそ》められたことが、おふみにとって最大の不運かもしれないと、おまつは言いたそうだ。

「櫛といえば、女癖のわるい櫛屋の放蕩《ほうとう》息子をどうにかしてくれと頼まれましてね」

「ふうん」

依頼主は大伝馬町《おおでんまちょう》に店を構える亀屋彦八《かめやひこはち》、おまつの評判を人伝《ひとづて》に聞きつけ、報酬《ほうしゅう》ならいくらでもはずむから縁談をまとめてくれと頼みこんできた。

「一人息子の彦太郎《ひこたろう》さんってのは、悪名高い若旦那でねえ。女遊びが過ぎるってんで、勘当されたこともおありだとか。ものはためしに心当たりを二、三当たってみたんだけど、すげなく断られちまいましたよ」

下手に縁談をまとめれば、先様に迷惑が掛かる。十分一屋の信用にも響くので、平常《ふだん》は請けない仕事であった。が、米櫃《こめびつ》も底を尽きかけているだけに、おまつも背に腹はかえられない。悩んだすえに、亀屋の申し出を請けたのだという。

「で、首尾は」

「灯台《とうだい》もと暗しとはよく言ったもので、おなじ大伝馬町に縁談をお受けしてもよいという太物屋《ふとものや》さんがありましてねえ」

誘いかけに応じたのは枡田屋重蔵《ますだやしげぞう》、重蔵にはおちえという年頃の娘があった。枡田屋も亀屋も表通りに看板を掲げる大店、店の格から言えば釣りあいはとれている。

「ところが、枡田屋さんの内情は蓋《ふた》を開けてみれば火の車」

娘を亀屋へ嫁がせる代わりに、金銭の援助を請いたいと願いでた。

「なるほど、裏があったわけだ」

「商家の縁談なんて、多かれ少なかれ思惑絡みですよ。本人たちの意思はそっちのけ、こっちも紹介しておきながら気が滅入っちまう。でもね、中途半端に情をからめたら、十分一屋なんてつとまりませんよ」

「そういうものか」

おまつにしては、割りきった物言いをする。

ごおんと、暮れ六つの鐘が尾を曳いた。

おすずは筆を墨に浸し、梶の葉に拙《つたな》い文字を書きつけている。

「ん、なんと書いたのだ」

覗きこめば「たいまいのくし」と読めた。

井戸職の拾いあげた鼈甲の櫛が、よほど印象に残ったのだろう。

「おっちゃん、櫛を買って」

おすずは墨のついた顔をむけ、赤子のように駄々をこねる。

三左衛門は聞かぬふりをして、古傘の骨を削りはじめた。

高価な櫛を買うよりも、米櫃を充たすことのほうが先決だ。

おまつは軒先から青笹を外し、笹に飾られた短冊や大福帳をじっと凝視めた。

皮肉なもので、放蕩息子の縁談はとんとん拍子にすすみ、下駄職の娘に降って沸いた縁談は袋小路に迷いこみつつある。

世の中は不公平で、うまくいかないようにできている。

伊助の渋面を思い浮かべながら、三左衛門はそんなふうにおもった。

三

翌夕、三左衛門が傘張りの内職をしていると、耳を聾《ろう》するばかりの虫の声が聞こえてきた。

「ごめんよ」

ひょいとあらわれた若僧は又七《またしち》、おまつの実弟である。

白い餅肌《もちはだ》は姉譲りだが、眸子《まなこ》は吊り目で鼻は胡座《あぐら》をかいている。

「あにさん、どうでえ、この恰好」

又七は自慢げに、土間でくるりとまわってみせた。

新品の染浴衣《そめゆかた》に茶献上《ちゃけんじょう》の帯を絞め、あたまには人気役者の手拭いを四つ折りに置き、おなじ役者の大首《おおくび》が描かれた団扇を帯の背中に差している。

「粋で鯔背《いなせ》な虫売りさあ」

外ではりんりんがちゃがちゃすいっちょんすいっちょんと、松虫だの閻魔蟋蟀《えんまこおろぎ》だのが鳴いている。市松模様《いちまつもよう》の紙障子をめぐらした虫籠屋台《むしかごやたい》も垣間見《かいまみ》え、近所の洟垂れどもが歓声をあげながら駈けよってくる。

「又七、蚊帳《かや》売りはやめたのか」

「あたりめえよ、もう秋だぜ」

半月前は冷や水を売り、そのあとは蚊帳を売っていた。

そもそも、又七は糸屋の若旦那、これといった苦労を知らずに育った。十代のころから廓通《くるわがよ》いにうつつを抜かし、帳場の金をつかいこんだあげくに勘当されたこともある。

両親に死なれてからは、がらりと人生が変わった。

みずからの才覚で稼ぎ、厳しい世の中を渡っていかねばならなくなった。

が、意気地のない又七は、二十四になった今も腰がいっこうに座らない。

おまつにとって、悩みの種でもある。

正月の扇売りにはじまり、雛《ひな》売り苗《なえ》売り燈籠《とうろう》売り、古金買《ふるがねが》いに古傘買い、薬売りに貸本屋に蠟涙《ろうるい》あつめ、ちょいと手をつけては季節ごとに職を変え、ひとつとして長続きしたためしがない。姪《めい》のおすずにさえ、小馬鹿にされている始末だった。

そんな又七が、下駄屋のおふみと相惚《あいぼ》れの男のことを知っていた。

「捨吉《すてきち》だよ。おいらの幼なじみさ。ちいせえころから鼻っ柱の強《つえ》え野郎でね、近所じゃ鬼子《おにっこ》なんぞといわれてた。ま、鬼子にでもならなきゃ、捨吉のやつは生きてこられなかったにちげえねえ」

「どういうことだ」

「捨て子なのさ。それも、捨吉は庚申《こうしん》の晩に捨てられた子なんだぜ」

縁起が悪いなと、誰もがおもう。

庚申の晩は眠ってはいけないという慣習がある。人の体内に潜む三尸《さんし》の虫が眠っている隙に天へのぼり、帝釈天《たいしゃくてん》にその人の罪過を告げ口し、寿命を縮めるからだという。

こうした禁忌《きんき》の慣習はほかにもあり、庚申の晩に同衾《どうきん》してできた子は盗人《ぬすっと》になるという迷信もよく知られている。事実、迷信を信じる大勢の親が子を捨てたり、襁褓《むつき》のままで養子に出したりした。

「捨吉はね、天神さんの鳥居《とりい》の脇で拾われたのさ」

捨て子は町内の嫌われ者になる。ときには庚申信仰と結びつき、鬼子と呼ばれて疎《うと》まれつづけ、奉公先などでも謂《い》われなき差別を受ける。それゆえに世をはかなみ、悪事に走るものもすくなくない。

捨吉を拾ったのは、呉服町の裏長屋に住む櫛職人だった。

職人夫婦には子ができなかったので、天からの授かりものと喜ばれもしたが、夫婦は捨吉が拾い子であることを隠そうともしなかった。

「おいらたちは、いつも露地裏で遊んでいたんだ。あるとき、七つの娘が裏長屋に越してきた。ちょうど、おすずとおんなじ年恰好さ。可愛い面立ちをした泣き虫の娘でね、そいつがおふみだった。可愛いもんだから気を惹《ひ》こうと、みなでよく泣かした。そんなとき、捨吉だけがおふみを庇《かば》った。あいつにゃ心根の優しいとこがあってね、子供心にそれを見抜いていたのが、おふみだったってわけさ」

やがて、捨吉は腕の良い櫛職人になった。恩人夫婦が他界した今も、呉服町の裏長屋で地道に居職をつづけている。一方、おふみは呉服町から照降町へ越したあとも、捨吉への恋情《おもい》を温めつづけた。

「そうして、ふたりはいつのまにか相惚れの仲になったってのが、おいらの想像するところさ。鼈甲の櫛がなによりの証拠だよ。そいつは捨吉がこせえた品にちげえねえ」

まちがいあるまい。おふみは、命よりもたいせつな櫛を井戸に落としてしまったのだ。

そして井戸替えの際は、名乗りでることもできなかった。

「よりによって愛娘が捨て子の捨吉に惚れちまうたあな。下駄屋の親爺も想像つくめえ。おふみが切りだせねえのも無理はねえさ。おとっつぁんの泣き顔をみたくねえんだろう」

「そういうことか」

三左衛門が納得したところへ、眉《まゆ》を綺麗《きれい》に剃《そ》ったおまつが帰ってきた。

「お、あねさん」

「又七かい。金の無心なら鐚《びた》一文も出せないよ」

「けっ、のっけからそりゃねえだろう。それはそうと、暑気あたりは治ったのかい」

「余計なお世話だよ。見舞いにも来なかったくせに」

「ちょいと忙しくてな。ほら、真面目に渡世《とせい》をはじめたんだぜ」

「そういや、おもてがずいぶんうるさいねえ。もうすぐ日が暮れちまうってのに、おまえみたいにうるさい虫売りにゃ遭ったこともないよ。どうせ、朝から一匹も売れてないんだろう」

おまつは皮肉をならべ、鉄漿《かね》の前歯をにっと剝《む》く。

おもわず、又七は仰《の》けぞった。

きりりしゃんとした姉とできそこないの弟は、顔を合わせれば喧嘩ばかりしている。が、おまつは内心、又七のことが心配でたまらぬのだ。

「あねさん、今日はずいぶんご機嫌斜めのようだが、ひょっとして縁結びの聖《しょう》天《てん》さんから見放されたんじゃねえのか」

「図星だよ。おまえに愚痴《ぐち》っても仕方ないけどね、妙な噂のせいで縁談がこわれそうなんだよ」

櫛屋の放蕩息子亀屋彦太郎が、こともあろうに、縁談相手である太物屋枡田屋重蔵の囲い妾《めかけ》に手をつけた。

「さいわい、枡田屋の旦那さまは根も葉もない噂と一笑に付してくだすったけどね、どうも事はまるく収まりそうにないんだよ」

放蕩息子と妾の艶《つや》めいた仲を暗にしめす落首《らくしゅ》が摺《す》り物《もの》に載ってしまい、大伝馬町ではちょっとした話題になっているという。

聞き耳を立てていた三左衛門が、我慢できずに口をひらいた。

「おまつ、その落首を聞かせてくれ」

差しだされた摺り物を横から覗きこみ、又七が目敏《めざと》く落首をみつけた。

「十三屋、七両二分の太いやつ……へへえ、こいつはおもしれえや。そのものずばり、不義筋《ふぎすじ》をはたらいた太《ふて》え野郎が、十三屋の若旦那ってことだな」

九《く》と四《し》を足して十三屋とは櫛屋の隠語、七両二分は間男《まおとこ》の首銭（示談金《じだんきん》）である。

不義密通が発覚すれば、男と女は重ねておいて四つにされても文句は言えない。それは、正妻でも妾でもおなじことだ。ところが、享保《きようほう》のころより、大判（十両判）一枚を払って詫《わ》び証文さえ書けば、九分九厘まで罪が赦《ゆる》されるようになった。

贈答用の大判を両替屋で換金すると七両二分になる。ゆえに七両二分と言えば、間男の首銭と察しはつく。

「あねさん、それにしても、いってえ誰が噂を流していやがるんだい」

「小耳にはさんだところでは、上方訛りのよそ者らしくってね、青山百人町《あおやまひやくにんちよう》の高利貸しだというのさ」

三左衛門の右眉がぴくっと動いた。

難波屋豪右衛門の顔が脳裏を過《よぎ》ったのだ。

「なんて莫迦《ばか》なことをするのかねえ。だいいち、狙いがわからないよ」

強請《ゆすり》のねたにでもする気なのだろうと、三左衛門は察した。

いずれにしろ、とんだ横槍がはいったものだ。

縁談が流れれば、あてにしていた手数料は泡と消える。悪辣《あくらつ》な金貸しのせいで米櫃が充たされぬとなれば、なんとも口惜《くちお》しいはなしではないか。

「ま、そのときはそのときさ」

おまつは後生楽《ごしょうらく》に言ってのけるが、寝る間も惜しんで古傘の骨を削るのだけは御免蒙《ごめんこうむ》りたい。

三左衛門は居ても立ってもいられず、わしに任せておけと言いかけた。

これを遮《さえぎ》るかのように、おまつが投げやりな口調で吐きすてる。

「又七、源氏蛍《げんじぼたる》はあんのかい。あるんなら、ぜんぶ買ってあげるよ」

「え」

又七は鼻の穴をおっぴろげ、心底から驚いてみせる。

おまつは袖口に手を入れ、一朱金二枚を取りだした。

「ほら、これで足りるだろ」

「あねさん、足りるどころか、部屋んなかが虫だらけになっちまうぜ」

「構やしないよ。蛍ならおすずが喜ぶだろうさ」

「いってえ、どういう風の吹きまわしだい」

「おまえに烏金《からすがね》（高利の金）でも借りられたら、こっちが迷惑するんだよ」

「すまねえ」

又七は目に涙さえ泛《うか》べ、施し金を押しいただいた。

おまつは弟の顔もみず、痩せた背中をぽんと叩く。

「ちゃんとおし。死んだおとっつぁんに顔向けできないよ」

「わかってらあ」

「もうすぐお盆だからね。十三夜の迎え火には顔を出すんだよ」

「ああ、ほんじゃ、あにさんもお達者で」

又七は蛍の籠を土間に置くと、ふらつきながら屋台を担ぎあげた。

虫籠屋台は洟垂れ小僧に煽られ、夕闇のむこうに遠ざかってゆく。

「虫売りの寂しげに去る賑《にぎ》やかさ、か」

三左衛門はおもわず、摺り物で上席にはいった誰かの川柳を口にした。

四

一夜明けると、大伝馬町に立った噂は妙な方向に捻《ね》じまがっていた。枡田屋重蔵の囲い妾に手を出したのは亀屋の若旦那ではなく、亀屋に出入りする櫛職人だというのである。

「櫛職人てのは、例の捨吉らしいんだよ」

息を弾ませるおまつの科白を聞き、三左衛門は耳を疑った。

「それはいったい、どうしたことだ」

「枡田屋さんのお妾《めかけ》はおさきさんといってね、深川《ふかがわ》の芸者あがりで派手好みのお方でいらっしゃる。櫛もとびきりの一級品でなければだめでね、お眼鏡に適《かな》った職人が捨吉だったというわけさ」

櫛がとりもつ縁でふたりは誼《よしみ》を通じるようになり、別れられない仲になったと、おまつは説いた。

「妙だな」

商人に囲われて暇をもてあます妾が、出入りの櫛職人を甘いことばで褥《しとね》に誘った。危うい火遊びからはじまった恋の道行き、読本《よみほん》ならいざ知らず、実際にあるかどうかとなると腑《ふ》に落ちないはなしではある。

「あたしだって耳を疑ったさ。なにせ、捨吉といえば小さいころから鬼子と蔑《さげす》まれてきた相手だ。そこいらの若僧とはわけがちがう。鬼子だろうとなんだろうと分けへだてする気は毛頭ないけど、真剣につきあうんなら、よっぽど性根を据えて懸からなきゃならない。お妾のおさきさんが、そこまでするとはおもえないんでね」

「わしもそうおもう。なにかのまちがいであろう」

「ところがどっこい、あたしゃいまさっき、枡田屋の旦那さまに詫び証文をみせられちまったんだよ」

「まことか、それは」

「まこともまこと、おおまことさ」

おおむね、詫び証文にはこうあった。

——ひとつ、おさき殿に不義相《あい》はたらき申し候事、まことに申し分け御座なく、御詫びあげたてまつり候。然《しか》らば、表向きの御沙汰にも相成り申すべき処《ところ》、格別の御憐憫《ごれんびん》をもって七両二分の償い金により、御内済《ごないさい》に成りくだされ候段、有り難く存じあげたてまつり候。然るうえは、爾後《じご》、まんがいち不都合の事等いたせし候節は、表向きの御扱いに成され候とも、いささかも申し分御座なき候。後日のため、御詫証文、仍而如件《よってくだんのごとし》。

詫び証文の末尾には日付と枡田屋重蔵の宛名が記され、櫛職捨吉の名と血判まで捺《お》されてあった。

「仰《ぎょう》々《ぎょう》しい文言だな、職人が書いたとはとうていおもえぬ」

「雛形《ひながた》にはめただけさ。枡田屋の旦那さまが証文を用意し、捨吉に判を捺させたんだよ」

「ずいぶん手まわしがよいな」

「疑っていなさるのかい」

「おぬしはどうなんだ」

おまつは応えず、溜息を吐《つ》いた。

「枡田屋の旦那さまはこれを機に、おささきさんとは縁を切ると仰ってね。そのかわりと言ってはなんだがと前置きなされ、娘の縁談だけは滞《とどこお》りなくすすめてほしいと両手をついたのさ」

「そこまでして亀屋の金が欲しいのか」

「あたしゃお断りするつもりで伺《うかが》ったんだけれど、旦那さまに土下座《どげざ》までされちや仕方ない。依頼を承《う》けちまったんだよ」

「亀屋のほうが黙ってはおるまい。このまま縁談がすすめば、世間に恥をさらした枡田屋と縁続きになるのだからな」

ところが亀屋彦八も、放蕩息子をくれぐれも頼むと、おまつにあたまをさげた。

「なんだか、双方で口裏を合わせているようでね」

おまつの勘は当たっていると、三左衛門はおもった。

妾のおさきと男女の仲になったのは、やはり、放蕩息子の亀屋彦太郎なのだ。

難波屋豪右衛門の流した噂によって、ふたりの仲は両家の知るところとなった。

亀屋と枡田屋にしてみれば、いかにも世間の聞こえがわるい。下手をすれば商売にも差しつかえる。

思案のあげく、亀屋と繋《つな》がりの深い櫛職人の捨吉に目をつけた。罪をかぶってもらうことにしたのだ。鬼子と忌避《きひ》された捨吉なら、なるほどと世間も納得させやすい。

ことによると、捨吉は亀屋に土下座でもされたかもしれない。おまえしか窮状を救ってくれるものはいないなどと、歯の浮くような科白をならべられたのだ。

先代から世話になっている亀屋の頼みだけに、捨吉としても断ることはできなかった。いくばくかの口止め料と引きかえに、詫び証文に捺印させられたのだろう。と、そこまで詳しく筋を描いておきながら、三左衛門はおまつに何も語らなかった。

両家の縁談がまとまれば、十分一屋の手数料は法外なものとなるからだ。

「可哀相なのは、おふみちゃんだよ」

おまつはすまなそうな顔で、ぽつりと漏らす。

捨吉は謂われなき罪をきせられ、世間から白い目でみられるようになる。ことによったら呉服町はおろか、日本橋界隈に住むことができなくなる。そんな男といっしょになりたいと懇願《こんがん》したところで、一徹者の伊助は頑《がん》として首を縦に振るまい。

案の定、懸念された事態は勃《お》こった。

激しい口論のすえ、おふみが家を飛びだしたというのである。

三左衛門はおまつに促され、さっそく表通りの下駄屋をたずねた。

伊助はみるも無惨に落ちこみ、下駄や道具の散らかった板間の片隅で死んだように蹲《うずくま》っていた。

「とっつぁん、どうした」

聞かずとも想像はつくが、とりあえず水をむけてみた。

伊助は真っ赤な眸子で睨《にら》みつけ、すぐに視線をはずす。

「おめえさんに喋ったところで、埒《らち》は明かねえ」

「まあ、そういうな」

しばらく粘っていると、伊助はぼそぼそ喋りはじめた。

「おふみのやつ、縁談を断りてえと抜かしやがった。よりによって捨吉といっしょになりてえと抜かし、おんでていきやがった」

伊助は蒼白な顔で唇《くち》もとを震わせ、握った拳を凝視めた。

「娘に手をあげたのか」

「やっちまった」

「捨吉の噂は」

「聞いておりやした。太物屋の妾を寝取ったとかどうとか。そんな腑抜《ふぬ》けに、おふみはやれねえ」

「ただの噂かもしれんぞ」

「おふみも、そう言いやしたよ。捨吉にかぎって、そんな莫迦なまねをするはずはねえ。きっと事情があるにきまってる。事情がはっきりしたら、いっしょにならせてほしいと泣きじゃくりやがった」

「それだけ、捨吉に惚れておるのさ」

「おれは脳天に血がのぼっちまって……自分でもなにを喋ったんだかおぼえちゃいねえんです。ちくしょう……おれだって、おふみが心底から惚れたやつがいるんなら、いっしょにならしてやりてえのに」

伊助の両目から、大粒の涙が零《こぼ》れおちた。

長居は無用だ。

三左衛門は黙って去りかけ、おもいだしたように振りむいた。

「おっと、肝心なことを忘れるところだ」

「なんでやしょう」

「鼈甲細工の櫛をおぼえておるか」

「井戸からみつかった品ですかい」

「ふむ、あれはな、おふみのもんだ」

「え」

伊助はすべてを察したようである。

三左衛門は穏やかな笑みを泛べた。

「通塩町の袋物屋から縁談が舞いこんだとき、とっつぁんは芯から嬉しそうにしておったなあ。だから、おふみは切りだせなかったのさ。たったひとりの父親を悲しませたくはなかったのだ」

捨吉への恋情と伊助への孝行を天秤《てんびん》に掛け、おふみはひとりで悩みつづけた。

ところが、捨吉に良からぬ噂が立った途端、皮肉なことに決心がついたのだ。

自分以外に捨吉を守ってやれる者はいないと、そうおもったにちがいない。

「とっつぁん、余計なことを喋っちまったな」

「とんでもねえ、でえじなことを教えてもらって」

娘の気持ちをようやく理解できたのか、伊助の顔に赤味が射してくる。

三左衛門は下駄屋をあとにし、そのまま川縁《かわべり》へむかった。

小網町《こあみちょう》から木橋をひとつ渡り、鎧《よろい》の渡しで猪牙《ちょき》をさがす。

暮れなずむ日本橋川を、鴨《かも》の親子がすいすい泳いでいた。

腹の虫が鳴きはじめている。

しかし、ここは空腹を我慢し、悪党どもの顔を拝みにいかねばなるまい。

「溜池《ためいけ》までやってくれ」

三左衛門は猪牙に乗り、船頭に行き先を告げた。

片道の船賃だけは、おまつに貰ってある。

猪牙は軽やかに水を切り、江戸橋《えどばし》、日本橋、一石橋《いちこくばし》と疾風《はやて》のように滑りぬけ、外濠《そとぼり》から南に舳先《へさき》をむけた。

五

七夕を過ぎると、物売りがお盆の迎え火に焚《た》く苧殻《おがら》や間瀬垣《ませがき》を売りにくる。夜になれば家々の軒先に切子《きりこ》燈籠が灯り、青山大路では星燈籠の壮観な眺めに触れることもできる。百人町の与力や同心が第二代将軍秀忠《ひでただ》の菩提《ぼだい》を弔《とむら》い、長い竹竿《たけざお》の先端に提灯をぶらさげた。右の逸話を嚆矢《こうし》とし、星祭りは文月《ふみづき》におこなう年中行事となった。

三左衛門は百人町の提灯を遠望しつつ、青山大路を西へむかった。

高みに浮かぶ提灯は星屑のように瞬き、漆黒《しっこく》の夜空を彩《いろど》っている。

紀州家《きしゅうけ》の中屋敷を過ぎれば、百人町はちかい。

難波屋豪右衛門の店は、善光寺《ぜんこうじ》門前の一角にあった。

四半刻（三十分）ほど歩きまわって尋ねあて、敷居を跨《また》ぐと、件《くだん》の赤兵衛が巨体を揺すりながら応対にあらわれた。

「何の用でえ」

胡乱《うろん》な眸子をむけられ、三左衛門はわざと横柄な態度で切りだした。

「主人はおるか」

「旦那さまはお忙しい身でな。用件があんなら、さっさと言え」

「金を借りたい」

「ちっ、野良犬がまた迷いこんできやがった」

赤兵衛は舌打ちし、奥へ引っこんだ。

ほどもなく顔を出した豪右衛門は、余所行《よそい》きの紋付を羽織っている。

おおかた、柳橋《やなぎばし》あたりへ芸者でもあげにゆくのだろう。贅沢《ぜいたく》な身分だ。

豪右衛門は赤兵衛を太刀持ちのように控えさせ、三白眼《さんぱくがん》で睨《ね》めつけてきた。

湯島天神でも目にしたとおり、面《つら》つきや仕種《しぐさ》がいちいち芝居がかっている。

「誰の紹介や」

「忘れた。担保なしでも金を貸すという噂を耳にしただけだ」

「ふん、いくら借りたい」

「ひとまずは、二十両にしておこうか」

「ひとまずやと、あんた、二十両いうたら大金やで」

「わかっておる」

「奥方か娘はおるんか」

「おらぬ」

「ほんなら無理や。その風体やったら家屋敷もなさそうやし、御家人株を売ったかて二束三文《にそくさんもん》にもならへん」

「腕だ、腕を買ってくれ」

「ほほう、剣術かいな。あんた、人を斬ったことがあるんか」

「ある」

「やけに自信がありそやな。ほんなら、腕前をみせてもらおか」

豪右衛門はにやりと笑い、赤兵衛に五合徳利を用意させた。

「そいつを斬ってみい」

上がり框《かまち》にとんと置かれた徳利との間尺をはかり、三左衛門はわずかに腰を落とす。

滑るように足をはこんだ。

気合いはおろか、息遣いすら聞こえない。

抜いた。

捷《はや》い。

閃光《せんこう》が走りぬけた。

ただし、抜いたのは大刀ではない。

一尺四寸にも足りない脇差のほうだ。

冴《さ》えた鍔鳴《つばな》りとともに、三左衛門は白刃をおさめた。

豪右衛門は咽喉仏《のどぼとけ》を上下させ、赤兵衛はぎょろ目を剝く。

刹那《せつな》、徳利の首だけが、すっと斜めにずり落ちた。

「ふっ、ふははは」

唐突《とうとつ》に、豪右衛門が笑いだす。

「あんた、小太刀の遣い手か」

「さよう」

三左衛門は、富田流《とだりゅう》の小太刀を修めた。

七日市藩では「化政《かせい》の眠り猫」と賞賛されたほどの達人である。眠り猫とは、眼病を患《わずら》ったため弟に三代目宗家の座を譲った富田勢源《せいげん》の綽名《あだな》、勢源は鬼神をも遠ざけると評された比類無き小太刀の名人にほかならない。

「この脇差は葵下坂《あおいしもさか》というてな、茎《なかご》に葵紋を鑚《き》ることを赦されておる」

「存じあげておりますわい。葵下坂いうたら越前康継《えちぜんやすつぐ》の業物《わざもの》や、質に流しても二十両は軽く超える名刀でんな」

「売る気はないぞ」

「へへ、わかっておりますがな。ちょうど、腕の立つ先生をさがしておったところや。よっしゃ、二十両出したろうやないけ」

豪右衛門は袖口から財布を取りだし、山吹色《やまぶきいろ》の小判を抜いた。

「五両おます。十五両は残金いうことで」

「残金とは」

「先生の初仕事や。人をひとり斬ってもらいまひょ」

「二十両の端金《はしたがね》で人を斬れとはな」

「二十両の価値もない男や。ま、強《し》いて値をつけるとしたら、七両二分やな」

「首銭か」

「察しがよろしゅうおまんな。斬ってもらう相手はちんけな櫛職人で名は捨吉、消えたところで悲しむものなぞおらん。この世に怨《うら》みも残りまへん」

三左衛門は怒りを腹に抑えこみ、表情も変えずに糺《ただ》した。

「なぜ、櫛職人なんぞを斬らせる」

「少々込みいった事情がおましてな。先生は知らんでもええことや」

無理に追及するのはやめた。事情はすぐにわかる。

「ほんなら、さっそく取りかかってもらいまひょ」

「いまからか」

「そうや、獲物の所在は赤兵衛に案内させますわ。ほな、さいなら」

豪右衛門は肩を揺すって笑い、雪駄《せった》を履いて何処《どこ》かへ消えた。

「さあて、のんびりもしていられねえ」

赤兵衛は分厚い唇を嘗め、連《つ》いてこいと言わんばかりに顎《あご》をしゃくる。

鬱陶しい番犬だが、ここは素直にしたがうしかあるまい。

六

青山百人町から元赤坂《もとあかさか》までは、二挺《にちよう》の辻駕籠《つじかご》をつかった。

酒手を払う赤兵衛の背中に、三左衛門は声を掛けた。

「おい、仕事のまえに飯を食わせろ」

「いやだね、おれはもう食った」

「つきあえ、腹が減ってはいくさもできぬ」

「けっ、いけすかねえ野良犬だぜ」

悪態を吐く赤兵衛を尻目に、提灯をぶらさげた辻屋台に足をむけた。

にぎり鮨《ずし》を食わせる屋台だが、まだ宵《よい》の口《くち》のせいか客はおらず、親爺が暇そうに煙管《きせる》を喫《す》っている。

「親爺、こはだはあるか」

「へ」

「にぎってくれ。それから酒だ、冷やでいい」

動きの鈍い親爺の面に、山吹色をちらつかせてやる。

途端に親爺はしゃっきりし、てきぱき働きはじめた。

浮かぬ顔の赤兵衛が、巨体を屈めてのっそり入ってくる。

「ちゃっちゃと食えよ」

「急かすな、おぬしも呑め」

とんと出されたちろりをかたむけ、ぐい呑みに注いでやる。

赤兵衛は酒を一気に呑みほしても、平気な顔をしていた。

「いける口だな。では、わしも」

三左衛門はぐい呑みを呷《あお》り、冷たい酒を胃袋に流しこんだ。

「ぷふう、沁《し》みるのお」

舌鼓《したつづみ》を打ち、手酌《てじゃく》でまた一杯ぐっと呑みほす。

「あんた、美味《うま》そうに呑むな」

「ひさしぶりの酒でな」

三左衛門はこはだ鮨を摘み、ひょいと口に抛《ほう》りこむ。

赤兵衛は手酌で呑みながら、血走った眸子をむけた。

「あんた、何者だい」

「ご覧のとおり、食いつめ浪人だよ」

「そいつはわかる。幕臣だったのか」

「いいや、吹けば飛ぶような一万石の藩士さ」

「脱藩かよ」

「まあ、そんなもんだ」

三左衛門は小禄役人の三男坊に生まれ、剣術の腕を見込まれて馬廻り役に抜擢《ばってき》された。

禄を食《は》んだ七日市藩は財政難に見舞われ、代々、加賀《かが》の本家から援助を受けつづけてきた。一時は養蚕業《ようさんぎょう》で財政の立てなおしをはかったものの、解決にはいたらず、殿様は本家への体面もあって、ついに藩士の首切りを断行した。

四年余りまえのはなしだ。

そのとき、あってはならない暴挙が勃こった。

首切りの対象となった藩士数名がしめしあわせ、城下で殿様の駕籠を襲撃したのだ。警護役の三左衛門は奮戦し、藩士たちを斬りすてた。ところが、斬りすてた藩士のなかに朋輩《ほうばい》がふくまれていた。

出奔《しゅっぽん》を決意したのは、朋輩を斬ったからだ。

非情に徹して主君の命にしたがったものの、悔いはのこった。苦い過去を捨てさりたい一心で改名までし、顔見知りもいない江戸へ出てきたのだ。

本名は楠木正繁《くすのきまさしげ》といういごたいそうな名だった。生まれ故郷を捨て、打飼《うちが》いひとつ背負って街道を急ぎ、ふと、振りかえったとき、遠くで浅間山が噴煙をあげていた。その瞬間から、浅間三左衛門になった。

おまつとの出逢いがなければ、いまごろは野垂《のた》れ死にしていたか、それこそ、人斬り稼業に堕《お》ちていたことだろう。

そうした経緯《いきさつ》はいっさい口にせず、三左衛門は黙々と酒を呑みつづけた。

「あんた、なにを考えてる」

赤兵衛が焦れったそうに吐いた。

「別に」

「ま、いいや。言っておくがな、おらあ上州生まれの兇状《きようじよう》持《も》ちなんだぜ。これまでに五人殺《や》った。人相書きに描かれたこともあってな、関八州《かんはつしゆう》じゃちったあ知られた顔なのさ」

「ふうん、そいつはよかったな」

「食いつめ浪人なんざ、ちっとも恐かねえ。あんたに腕一本ぶったぎられてもよ、首の骨をへし折ってやるぜ」

「たいした自信だ」

「その脇差、本物の越前康継かい」

「みせてやろうか」

言うが早いか、三左衛門はしゅっと刃を抜いた。

目のまえの親爺が肝《きも》を潰し、握った鮨を落としてしまう。

「ほほう、こいつは凄えや」

赤兵衛は眸子をほそめ、刃を嘗めるように眺めた。

砂をまぶしたような銀鼠《ぎんねず》の地肌には、艶《なま》やかな濤瀾刃《とうらんば》が浮かんでいる。

「棟区《むねまち》をみてみな」

「お、刀身彫刻だな。毘沙門天《びしゃもんてん》に薬師如来《やくしにょらい》に文珠菩薩《もんじゅぼさつ》か」

「越前記内《きない》の彫った三体仏《さんたいぶつ》よ」

「三体仏、そいつがあんたの守護神ってわけかい」

「斬れ味は鋭いぞ。ふふ、その腕、一本で済めばよいがな」

赤兵衛はぐっと詰まり、咳きこむように吐きだす。

「そっちの大刀は抜かねえのか」

「これか。抜かせたら、わしは鬼になるぞ。ほれよ」

三左衛門は大刀を鞘《さや》ごと抜き、赤兵衛に手渡してやった。

「お、こいつはまた、ずいぶん軽いじゃねえか」

「抜いてみろ」

「よし……へっ、竹光《たけみつ》かよ」

「さよう。浪人は長い物から食いはじめ、という川柳もある」

「おもしれえ、あんたが気に入ったぜ」

赤兵衛の酒量は、どんどん増えていった。

番犬に好かれても、迷惑なだけだ。

三左衛門のあたまは、呑めば呑むほど冴えわたった。

七

呉服町にたどりつくころには、亥《い》ノ刻（午後十時）をまわっていた。

町木戸も閉まる時刻だが、濠端に面した商家の軒先には切子燈籠が点々と灯っている。

大路に沿って大店が軒をならべる呉服町も、露地裏にまわれば貧乏長屋がひしめいていた。寝惚《ねぼ》けた番太に気づかれることもなく裏木戸を潜り、ふたりは小便臭い棟割長屋の敷地内へ踏みこんだ。

長屋の軒先に切子燈籠はない。

月は群雲《むらくも》に隠れ、一面の深い闇につつまれている。

——なあご。

赤く光ったのは、猫の目だ。

野良猫が毛を逆立て、歯《は》を剝《ば》いている。

それ以外に、侵入を阻むものとてない。

捨吉の部屋は、かぼそい燈明《とうみよう》の灯る稲荷明神《いなりみようじん》の側にあった。

すでに、部屋の灯りは消えている。

「留守かもしれねえ。ちょいと様子をみよう」

赤兵衛に酒臭い息を吹きかけられ、すかさず、三左衛門は囁いた。

「捨吉というのは、どういう男だ」

「ただの櫛職人さ」

「恨みでもあるのか」

「ねえよ」

「だったら、なぜ斬る」

「みせしめよ」

「どういうことだ」

「捨吉を殺りゃ、震えあがる連中がいる。そいつらから金を引きだすのよ」

「強請か、相手は」

「大伝馬町の櫛屋と太物屋さあ。ただし、こいつは乗りかかった船ってやつでな、太物屋の妾が持ちこんだはなしだ」

「ほう、妾がなあ」

内心、三左衛門は驚かされた。

赤兵衛によれば、そもそも、悪巧《わるだく》みの絵を描いたのは妾のおさきだというのである。

枡田屋の身代が左前になってからというもの、おさきは以前のような贅沢ができなくなった。囲い者になったことを後悔しはじめたとき、おもいがけず、亀屋から枡田屋に縁談が舞いこんできた。

これを聞きつけ、おさきは大きな賭けに出ることをおもいつく。とある顔役を介して、難波屋豪右衛門に相談をもちかけてきた。

「妾のやつはまず、櫛屋の放蕩息子に粉をかけ、まんまと褥に誘いこんだ。へへ、囲い主の娘がいっしょになろうって若旦那と、妾が懇《ねんご》ろになったわけさ。これほどぶざまなはなしもねえわな」

そこからさきは、豪右衛門と赤兵衛の出番となる。不義密通の噂を流し、枡田屋と亀屋の双方から口止め料をせしめようと狙った。

「十三屋、七両二分の太いやつ」

と、三左衛門の口から川柳が漏れた。

「それよ、なんであんたが知ってる」

「わしはこうみえても投句を嗜《たしな》んでおってな、摺り物に載った句をおもいだしたのさ」

「摺り物に載せたのは豪右衛門だが、川柳をひねったのは妾のおさきよ」

「ほう」

「さすがに、深川で鳴らした芸者だけのことはある。年は三十も中盤だが、おさきってな色気のある女さ」

げへへと、赤兵衛は笑った。

「豪右衛門の今宵の行き先は、おさきのところよ」

「自分の女にしたのか」

「そうさ」

三左衛門は、おさきの住む妾宅が深川の木場《きば》にあることを知った。

赤兵衛の漏らすところでは、仲介の顔役は本所《ほんじょ》の夜鷹屋十郎兵衛《よたかやじゅうろべえ》といい、闇の世ではかなり名の知られた大物だった。大勢の乾分《こぶん》を抱え、数百人の私娼を一手に仕切る人物である。どうやら、おさきが芸者をしていたころの馴染《なじ》みらしい。

ともあれ、三人は結託《けったく》し、巧妙な罠《わな》を仕掛けた。

「枡田屋はいざ知らず、亀屋にとってみりゃ百両や二百両は端金《はしたがね》よ」

顔役の十郎兵衛に手数料を払っても、せしめた金を三人で山分けすれば、かなりの金額にはなる。それがおさきの描いた絵図であったが、事はおもわぬ方向へすすんだ。

「連中は切羽詰《せっぱつ》まったあげく、つまらねえ手をひねりだしたのよ」

あとは三左衛門の想像したとおりだ。

枡田屋と亀屋は膝を突きあわせて相談し、捨吉に汚名を着せることにした。

「おさきは地団駄《じだんだ》を踏んで口惜しがったが、これで一件落着というわけにゃいかねえ。手はじめに捨吉を殺り、そんでも埒が明かねえときは、おさきも殺る」

「惣ろになった女を殺るのか」

「豪右衛門は女なんぞに未練はねえ。散々しゃぶって、ぽいと捨てる。おさきを殺ってもだめなら、まだあるぜ。亀屋の御曹司《おんぞうし》を拐《かどわ》かすって手がな。へへ、そいつが難波屋豪右衛門のやり方さ」

「悪党だな」

「やつは、すっぽんの豪右衛門と呼ばれる男よ。いちど食らいついた獲物は死んでも逃しゃしねえ。強請にかけちゃ、上方でも右に出るものがいねえほどの悪党さ。おれもやつと出逢ってから、ずいぶんと甘い汁を吸わせてもらったぜ」

「おさきを裏切れば、顔役に睨まれるぞ」

「ふん、そうなりゃ引きはらえばいいさ。江戸に未練はねえ」

「なるほどな」

からくりの全貌《ぜんぼう》が判明し、三左衛門は腹を決めた。

「ちょいと喋りすぎたようだぜ」

赤兵衛は渋い顔をつくり、肩を竦《すく》めてみせる。

と、そこへ、男と女の囁きが途切れ途切れに聞こえてきた。

「ねえ……おねがいだから、事情をはなして……おとっつぁんなら、きっとわかってくれるよ」

「もう遅《おせ》え、おいらは詫び証文に血判を捺したんだ……おふみよ、おめえの気持ちは嬉しいけどな、頑固者《がんこもの》のとっつぁんが赦してくれるはずはねえ」

「いまからでも遅くはないよ……ね、亀屋の旦那さまに謝ってさ、詫び証文を破いてもらいましょ」

「浅知恵を口にするもんじゃねえ……こいつはな、よくよく考えてやったことだ」

捨吉とおふみにまちがいない。ふたりの囁きは、小さな鳥居を戴いた祠《ほこら》の裏手から漏れきこえてくる。

――行くぜ。

赤兵衛が目顔で頷《うなず》き、顎をしゃくった。

――ちょっと待て。娘も殺るんなら、あと二十両上乗せしろ。

三左衛門は、身振りで意思を伝える。

「ちっ、おめえにゃ頼まねえよ」

赤兵衛は声に出して吐き、さっと毛臑《けずね》を剝いた。

人の気配を察したのか、祠のむこうは静まりかえっている。

三左衛門は赤兵衛の背中を追いながら、素早く黒頭巾《くろずきん》をかぶった。

このときのために、目出しの気儘《きまま》頭巾を秘かに用意していたのだ。

「そこのふたり、出てきやがれ」

赤兵衛の呼びかけに応じ、男と女が顔を出した。

燈明に照らされた顔は、あきらかに怯《おび》えきっている。

無理もない。突如、殺気を帯びた大男に迫られたのだ。

ふたりは身を寄せあい、石地蔵のように固まった。

「仲良く地獄へ逝くんだな」

赤兵衛は懐中から、匕首《あいくち》を抜いた。

そこへ、三左衛門のくぐもった声が飛ぶ。

「おい、番犬」

赤兵衛が太い首を捻った。

つつっと、三左衛門は身を寄せる。

抜いた。

蒼白い閃光が走った。

「きょっ」

つぎの瞬間、番犬の巨体が頽《くずお》れた。

峰で首筋の急所を打たれたのである。

捨吉とおふみは、膝をがくがく震わせている。

三左衛門は刃をおさめ、懐中から荒縄を取りだした。

白目を剝く赤兵衛を俯《うつぶ》せにし、後ろ手に縛りあげる。

「おまえたち、肩のちからを抜いて聞け」

と、若いふたりに語りかけた。

「こやつの名は赤兵衛、兇状持ちのお尋ね者だ。番屋へ突きだせば褒美《ほうび》が出る。こいつが気づくまえに長屋の連中を叩きおこせ。みなで協力して事にあたるのだ。よいか、わかったな」

「は、はい」

捨吉はわけもわからぬまま、返事をする。

鬼子の印象とはほど遠く、なかなか端正な面立ちをした若者だ。

「ひとつだけ言っておく。詫び証文に判を捺した以上、後戻りはできぬぞ。どんな裏事情があろうとも、いちどおっかぶされた汚名は消えぬ。世間とはそういうものだ。弱い者、不幸な境遇におかれた者には、ことさら冷たい」

捨吉は項垂れ、おふみは大きな眸子を瞠《みは》る。

三左衛門は気づかれぬよう、声を落とした。

「だがな、わかってくれる者もなかにはおる。諦めずに信念をつらぬくことだ。うまくは言えぬがな、真摯《しんし》な気持ちでむきあえば、どのようなことであろうとも相手に伝わらぬことはない」

捨吉がわれにかえり、くいっと顎を突きだす。

「もし、あなたさまはどういう」

「わしか、名乗るほどの者ではないわ」

「お顔をおみせください。それが叶《かな》わぬなら、せめてご姓名だけでも」

「名乗っても詮無いこと。ま、赤兵衛を知る男とだけ申しておこう。ではな」

「お、お待ちを」

ふたりに呼びとめられても、振りかえるつもりはない。

三左衛門は颯爽《さっそう》と袖を靡《なび》かせ、闇の狭間《はざま》に溶けこんだ。

懲らしめるべき悪党が、もう一匹のこっている。

八

日付は変わり、一刻（二時間）が経とうとしていた。

猪牙で大川《おおかわ》を渡り、まずは本所へ足をむけた。

三左衛門は本所から見知らぬ男を伴い、深川の木場へやってきた。

男の名は弥平次《やへいじ》、からだつきは痩せてひょろ長く、頬に無惨な刀傷がある。

弥平次は闇に溶けこみ、いつも血の臭いを嗅いでいた。

夜鷹屋十郎兵衛の寄こした危ない男だ。

「おめえさんの喋ったことが真実《まこと》なら、金貸しと妾の命は預からしてもらうぜ」

暗い仙台堀《せんだいぼり》に面して、瀟洒《しょうしゃ》なしもた屋が佇《たたず》んでいた。

夜空に月星はなく、頬に冷たいものが落ちてくる。

「丑雨か」

「ああ、勝手にしろ」

「ちょうどいい。雨が足音を消してくれるぜ」

湿った木の香が漂《ただよ》うなか、ふたつの影は四《よ》つ目垣《めがき》を乗りこえた。

すでに法仙寺《ほうせんじ》駕籠を確認していたので、難波屋豪右衛門が妾宅にいるのはたしかだ。いまごろは酩酊《めいてい》しているか、浅い眠りに就《つ》いたか、もしかしたら、熟《う》れた女のからだをねちっこく貪《むさぼ》っているかもしれない。

中庭にまわると、雨戸は開けはなたれていた。

八重咲きの芙蓉が、瓢簞池《ひょうたんいけ》の汀《みぎわ》で萎れている。

午後になると花の色が白から紅に変わる酔《すい》芙蓉だ。

足音を忍ばせて濡縁《ぬれえん》にあがると、障子一枚隔てたむこうから、男女の荒い息遣いが聞こえてきた。

弥平次は顔色ひとつ変えず、淫《みだ》らな吐息に聞き耳を立てている。

不義筋の男女は艶書を取りかわすだけでも追放刑、繰りかえすようだが、濡れ場を押さえられたら最後、重ねておいて四つにされても文句はいえない。たとえ町人であっても、裏切られた当事者ならば、切り捨て御免が許される。

それはお上のさだめた法度《はっと》だが、闇でも通用するときがある。

三左衛門は濡れた爪先を差しだし、たんと障子を引きあけた。

天井から吊られた青蚊帳のなかで、緋襦袢《ひじゅばん》が妖しげに蠢《うごめ》いた。

「誰や」

こまかい網目越しに、豪右衛門の怒声が響いてくる。

「わしだ、おぬしに金を借りた男だ」

「なんや、あんたか。こないなところまで何しにきたのや」

「借りを返しにきたのさ」

「寝惚けたことを抜かしよる。首尾はどうやった」

「おのぞみどおり」

「ほうかい、ほんなら残金を渡さなあかんな」

豪右衛門はあきらかに警戒し、蚊帳から出てこようとしない。

「赤兵衛はどないしたんや」

と糺され、三左衛門は脇差の柄にそっと右手を添えた。

「聞こえんのかいな、お」

「いいや、聞こえておる。赤兵衛のやつはな、縄を打たれて獄門台《ごくもんだい》おくりさ」

「なんやて」

刹那、三左衛門は白刃を抜いた。

有無を言わせず、蚊帳の吊《つ》り紐《ひも》を断つ。

「ひぇっ」

おさきが悲鳴をあげた。

ばさっと蚊帳が落ち、二尾の魚は網に掛かった。

「な、なにをさらすんじゃい」

蚊帳のなかで藻掻《もが》きながら、豪右衛門は喚《わめ》いている。

三左衛門はそっと近づき、脇差の峰を肩に担いで屈みこんだ。

「豪右衛門よ、おぬしはとんでもねえ悪党だな」

「なんやと、この」

「櫛職人をわしに斬らせ、ついでに妾も殺る気なんだろう」

「阿呆《あほ》抜かせ」

「赤兵衛がぜんぶ喋ったぞ。強請った金を携え、夜鷹屋の元締めに挨拶もせず、江戸から逃げるつもりだってなあ」

「う、くそっ」

豪右衛門よりも、おさきのほうが騒ぎだした。

「ちくしょう。何だってんだよう」

蚊帳のなかで暴れればそれだけ、逃れられなくなってゆく。

「おい、こっから出してくれ。金なら、なんぼでも払うさかい。な、後生や」

「安心せい、おぬしらは役人の手に渡さぬ。もっと恐いのを呼んできてやったぞ」

弥平次の影が、ぬらりとあらわれた。

「ふえっ」

と、豪右衛門がみっともない声をあげる。

おさきが泣きわめいた。

「堪忍《かんにん》しとくれ。あたしゃ裏切ってなんかない。この男に騙されただけなんだよう」

悪党どもにとって、裏切りの代償《だいしよう》ほど高くつくものはない。

濡れ場を押さえられた以上、おさきも豪右衛門と同罪とみなされるはずだ。

どうされるかわかっているだけに、ふたりは蚊帳のなかで必死に藻掻きつづけた。

鉄炮蚯蚓《てつぽうみみず》が這《は》ったような頰の刀傷をひくつかせ、弥平次は静かに笑っている。

あとの始末は、この男に任せておけばよい。

「約束どおり、おめえさんのことは忘れてやるぜ」

弥平次の錆《さ》びた声を、三左衛門は背中で聞いた。

後味のわるさを感じながら、中庭へ飛びおりる。

あいかわらず、空は暗澹《あんたん》としている。

毛のような雨が、頰にまとわりついてきた。

九

文月十三日は盂蘭盆会《うらぼんえ》の初日、家々は霊棚《たまだな》を設けて祖霊を迎える。

夕暮れになると、門口に魂迎《たまむか》えの篝火《かがりび》が焚かれ、武家の主人は裃《かみしも》姿で冠木《かぶき》門《もん》の脇に畏《かしこ》まる。商家においては、旦那と内儀を筆頭に番頭から小僧までが仕着《しきせ》を纏い、店のまえに勢揃いして霊を迎えいれる。

そして、長屋では戸外に積んだ苧殻を燃やし、家族揃って鉦《かね》を打ちならしながら称名《しょうみょう》を唱える。あるいは、檀那寺《だんなでら》の墓まで霊を迎えにゆき、提灯で暗い道を照らしつつ、生きている者を導くかのように帰路をたどる。

十六日の送り火が消えるまで、ひとびとは霊といっしょに過ごす。

虫売りになった又七は姉の言いつけを守り、迎え火の焚かれた裏長屋へやってきた。

さいわい、雨もあがってくれた。

ちょうど、町内総出の盆踊りがはじまったところで、団扇を手にした浴衣姿の男女が表通りに人垣をつくっている。

「ほら、又七、小町踊りだよ」

おまつに促され、又七は鼻のしたを伸ばした。

賑やかな笛《ふえ》や太鼓《たいこ》の囃子《はやし》にあわせ、揃いの鹿《か》の子《こ》を纏った年頃の娘たちが踊っている。

「そろそろ、おまえもお嫁さんを貰わないとね。どうだい、良い娘はいるかい」

「いるいる、あねさん、ひとつ商売抜きで引きあわせてくんねえか」

「おまえは甲斐性なしだからね、選《え》り好みはできないよ」

「けっ、甘い顔をしたとおもったら、すぐこれだ」

又七はくっと首を伸ばし、目の色を変えた。

「お、あねさん、あの娘がいい。文字どおり、掃《は》きだめに鶴《つる》だぜ」

「莫迦言ってんじゃないよ。おふみちゃんじゃないか」

「へえ、あれがおふみか、ずいぶんと色気づきやがったな」

「祝言の日取りも決まったんだ。変な虫がついたら大変だよ」

「変な虫ってのは、おいらのことか」

「そうさ、松虫みたいに鳴いてみな」

ふたりの掛けあいを聞きながら、三左衛門はにっこり微笑《ほほえ》む。

眼差しのさきには、下駄屋の伊助がいた。

軽く会釈をする伊助の隣には、町内では見馴れぬ顔の若者が立っている。

「婿さんだよ」

おまつがそっと囁いた。

捨吉である。

呉服町に居られなくなった櫛職人は、秋風とともに照降町へ越してくる。

若いふたりのおもいが、頑固な父親の胸を打ったのだ。

商売抜きで仲介の労をとったのは、おまつであった。

「せめてもの罪滅ぼしさ」

「そうか」

亀屋と枡田屋の縁談を、おまつはきっぱり断った。

もっとも、枡田屋の主人である重蔵は妾に関わる不祥事《ふしょうじ》で正妻に三行半を書かされ、世間の信用を無くしていた。妻に逃げられてからは鬱《ふさ》ぎがちになり、仏壇にむかっては独り言を唱えるようになったという。

一方、亀屋は亀屋で若旦那の彦太郎が岡場所の女に騙され、ついに、主人の彦八は堪忍袋の緒《お》を切らした。彦太郎は勘当の身となったが、そんなことより、亀屋にとっての痛手は、不義筋の濡《ぬ》れ衣《ぎぬ》を着せられた捨吉の噂がひろまったことだった。腕の良い櫛職人たちが、それこそ、櫛の歯が欠けるように離れていったのである。

「おまつ、手数料を貰いそこねたな」

「そうだね、当面はおまえさんにがんばってもらうしかないよ」

「わしが稼ぐのか」

「古傘一本の骨を削って五十文、おまえさんが夜なべをしてくれれば、米櫃が空になることもないだろ」

三左衛門の懐中には、豪右衛門からせしめた金がある。

それを差しだせば済むことだが、いまはやめておこう。

「そういえば、おまえさん」

「なんだ」

「伊助さんがお婿さんを気に入った理由、それがおもしろいんだよ。足の裏に土踏まずがないからだって」

「ふうん」

「そういえば、おまえさんも」

おまつは言いかけ、表通りに目を遣った。

揃いの浴衣を着た娘たちが手を繋いで列をつくり、盆唄を口ずさみながら近づいてきたのだ。

「ぼんぼんの斎日《さいじつ》に、お閻魔《えんま》さまへまいろとしたら、数珠《じゅず》の緒が切れ鼻緒《はなお》切れ、なむしゃか如来《にょらい》を手でおがむ」

幼い娘たちの先頭で、おすずも懸命に唄っている。

照降町には夏の温気《うんき》を払う涼やかな風が吹いていた。

残情十日の菊

一

菊月秋晴れの午後、三左衛門はおすずを連れ、両国広小路《りょうごくひろこうじ》へ奇怪《きっかい》な動物を観にいった。

「はてさて、ご覧《ろう》じろ。はるばる海を渡ってきた珍獣だよ」

鉦《かね》を鳴らしながら口上を述べているのは、南蛮服《なんばんふく》に身を包んだ調教師である。

「みてのとおり、四肢は長細く背中に瘤《こぶ》がひとつある。牛のできそこないじゃないよ。目にしただけでも御利益《ごりやく》が御利益、触れば万病に効験《こうけん》あり。さあさあ、一朱払っておくれ、触らせてあげるよ」

珍獣とは駱駝《らくだ》のことだ。

アラビアの砂漠からオランダ船で長崎へ運ばれ、ついに江戸までやってきた。雌雄《しゆう》一対の駱駝はすでに何日もまえから衆目にさらされ、子供が目にすれば疱瘡《ほうそう》除《よ》けになるだの、尿は瀕死《ひんし》の病人を救う霊薬になるだのと評判を呼んでいる。それにしても、触るだけで一朱とはずいぶん法外な値段だが、金を出す連中はひきもきらない。

三左衛門はおすずを肩車し、黒山の人だかりを掻《か》きわけた。

もちろん、金を出す気はない。

「触らせておくれ。ねえ、触りたいよお」

駄々をこねるおすずを宥《なだ》め、駱駝の尻をみただけで踵《きびす》をかえす。

余計な出費をせずとも、子供の好奇心を惹《ひ》くものは広小路にいくらでもあった。

食べ物屋の露店は所狭しとならび、竹籠細工《たけかございく》やからくり人形などの見世物《みせもの》もあれば、軽業《かるわざ》や曲独楽《きよくごま》といった曲芸もおこなわれている。時節柄、縁起物《えんぎもの》の帆掛《ほか》け船や富士山を象《かたど》った菊細工も往来を彩《いろど》り、ひとびとの感嘆を誘っていた。

吉川町《よしかわちよう》の大黒屋《だいこくや》で土産《みやげ》の水飴《みずあめ》を買い、三左衛門はおすずの手を引いて喧噪《けんそう》から逃れた。

「さあ、よってらっしゃい、みてらっしゃい。居合抜きの妙技だよ」

そこだけ閑散とした床店《とこみせ》のほうから、耳慣れた声が聞こえてくる。

「又七か」

おまつの実弟が香具師《やし》の衣装を纏《まと》い、調子の良い口上を喋っていた。

床店は間口一間、奥行三尺、店のまえには虚仮威《こけおど》しの長刀三本が飾られ、二段二列にならんだ黒塗りの重箱には「薬」とある。そして、三段積みの不安定な三方《さんぼう》のうえに、高下駄《たかげた》を履《は》いた浪人者が立っていた。

名人の居合抜きで客をあつめ、香具師の巧みな口上で薬を売る。

いまとなっては古臭い趣向だけに、なかなか客は集まってくれない。

「こちらにおわす御仁をなんと心得る。かの有名な林崎甚助重信《はやしざきじんすけしげのぶ》の末裔《まつえい》なるぞ」

又七は三左衛門とおすずに気づかず、立て板に水のごとく口上を繰りかえす。

「名人が腰に差したるは三尺二寸の大太刀、法成寺国光《ほうじょうじくにみつ》にほかならず。煌《きら》めく波文は丁字乱《ちょうじみだれ》、ご披露《ひろう》いたすは国光を卍《まんじ》抜けに抜きはなつ妙技なれば、とくとご覧になりたい方は、ずずいとまえへおすすみあれ」

高下駄で三方に乗った浪人者は、鮮やかな照柿色《てりがきいろ》の袍《ほう》を纏っていた。

肩幅のがっしりした大柄な男だ。総髪で眉は太く、目鼻のつくりは大きい。しかも、勇猛な鍾馗《しようき》をまねて付け髭《ひげ》まで生やしているのだが、おすずの目にさえ付け髭が偽物とわかった。

それでも、又七の口上に誘われ、見物客がぽつりぽつりと集まってくる。

「さて、名人が取りいだしたるは柿の実ひとつ、これをば宙へ抛《ほう》りなげ、一撃のもとにすぱすぱっと四つに斬りわけて進ぜよう。それっ」

「ほっ」

浪人者は掛け声もろとも、柿を高々と抛りなげる。

大太刀を抜いた瞬間、三方がぐらりとかたむいた。

見物人は固唾《かたず》を呑む。

白刃は一瞬の光芒《こうぼう》を放ち、腰の黒鞘《くろざや》へおさまった。

微動もしない浪人の掌《てのひら》へ、赤い柿が落ちてくる。

又七の口上どおり、柿は四つに割れた。

称賛の声が沸きおこる。

一撃で柿を十字斬りにするとは、なかなかに見事な腕前だ。

三左衛門は秘かに唸っていた。

おすずも隣で懸命に目をこらしている。

又七の口上がはじまった。

「ささ、もそっと近《ちこ》う寄りなされ。箱の中味はご存知、癪《しゃく》を消しさる反魂丹《はんごんたん》の丸薬袋、代金は八文、たったの八文だよ」

途端に見物人は去り、三左衛門とおすずだけが残った。

ふたりに気づいた又七が、ちっと舌打ちをかます。

「なんでえ、あにさんかい」

「おう、又七、いつから香具師になった」

「三日前だよ」

「まじめに稼いでおるな」

「だめだめ、菊日和《きくびより》だってのに、朝からひとっ袋も売れやしねえ。懐中はお寒いかぎりでね。金輪際《こんりんざい》、香具師なんぞやりたかねえや」

「堪《こら》え性のないやつめ」

「くそっ、運のねえのは駱駝のせいだ。鰯《いわし》の頭も信心からとはよく言ったもんだぜ。江戸者てえのは詰まらねえもんでも、珍しけりゃすぐにありがたがる。けっ、駱駝の小便呑んで病が治るだと、冗談もてえげえにしろってんだ」

「ははは、駱駝に八つ当たりしても仕方あるまい」

三左衛門は笑いながら、又七の背後に目を遣った。

高下駄の浪人者は三方から降り、商売道具を片づけはじめている。

「あちらは轟十内《とどろきじゅうない》さん、見事な居合抜きだったろう」

「ふむ」

「知りあったのは三日前さ、口入屋《くちいれや》の待合いでね」

轟は又七に紹介され、のっそり歩みよってきた。

顎《あご》の付け髭を毟《むし》りとり、皓《しろ》い歯をにっと剝《む》きだす。

齢は四十手前か、よくみれば人懐《ひとなつ》っこそうな顔をしていた。

又七が調子に乗って喋りだす。

「轟の旦那、こっちはおいらの義理のあにさんでね、照降町の貧乏長屋じゃ赤鰯の三左衛門でとおってる」

「阿呆《あほ》抜かせ、この」

「おいらは知ってんだよ。腰の刀は赤鰯じゃねえ、それどころか竹光だってね。だけど、轟の旦那、脇差のほうは本物さあ。越前康継の業物で、棟区《むねまち》にゃ越前記内の三体仏が彫ってある。うちのあにさんは富田流小太刀の名人なのさ。物干し竿と小太刀を闘わせてみたら、どっちが勁《つえ》えかなあ、こいつは見物だぜ」

轟は途中から聞いていない。

「可愛い娘ごじゃ。ん、年はいくつだ」

猫撫《ねこな》で声でおすずに近づき、赤い柿を手渡す。

「ありがとう」

おすずはぺこりとあたまをさげ、満面の笑みを泛《うか》べてみせる。

「なんの」

轟は角張った顎を撫で、ふわっと袖をひるがえした。

すかさず、又七が三左衛門に近寄ってくる。

「あにさんとご同様、あちらの旦那も食いつめ浪人さ」

耳もとで囁《ささや》き、けへへと笑う。

「住まいは橋本町《はしもとちよう》の貧乏長屋でね、気儘《きまま》な独り暮らしってとこが、あにさんとちがう」

独り身にしては、無精浪人特有の荒《すさ》んだ感じがない。

本気でのぞめば、いっしょになってくれる女はいるだろうに。

どうして所帯を持たぬのか、理由を訊いてみたい気もするが、訊かれたほうにしてみれば余計なお世話だろう。

三左衛門は呼びとめる機会を逸した。

轟は物干し竿の国光を肩に担ぎ、大股で遠ざかっていった。

二

重陽《ちょうよう》の節句には延命長寿を願い、菊酒を呑んで邪気を祓《はら》う。

陰気のかさなるこの時期、江戸のひとびとは袷《あわせ》から綿入《わたい》れに衣更《ころもがえ》えする。

衣更えにともなって書入時《かきいれどき》となる商売は、洗濯屋である。

照降町に住む洗濯女のおせいも、朝未《あさまだ》きから馬喰《ばくろちょう》町の仕事場へ出掛け、あたりが暗くなってから帰ってきた。

「おまつさん、いつもすみません、おきぬを預かってもらって」

おせいは六つになる娘の肩を抱き、敷居のところでぺこぺこあたまをさげた。

面窶《おもやつ》れがひどい。何年も洗濯女をやって稼いできたためか、肩に瘤《こぶ》ができている。二の腕は太く、足はやや外股《がにまた》で、掌は目をそむけたくなるほど荒れていた。

「おせいさん、気を遣ってもらっちゃ困りますよ。おきぬちゃんは素直で良《い》い子だ。うちのおすずとも仲が良くってね。晩ご飯くらいなら、遠慮なくいつでもどうぞ。そんなことより、からだのほうは平気かい」

「ええ、ご心配なく」

「なら、いいけどね。あんまり無理をしなさんな」

「ありがとう、それじゃ」

「おやすみなさい」

寄りそいながら去ってゆく母娘を見送り、おまつは深々と溜息を吐いた。

「おせいさんにゃ、あたまがさがるよ。洗濯女ほど辛い仕事もないからねえ。それにくらべりゃ十分一屋《じゅうぶいちや》なんざ、後生楽な渡世《ようじ》さ」

三左衛門は格別な反応もしめさず、内職の楊枝を削りつづける。

おまつは畳に座って天井を凝視《みつ》め、おせいの身の上を語りはじめた。

「年はあたしとおんなじ三十一。苦労人でねえ、若い時分は柳橋のお芸者だった。あのとおり、お世辞にも美人とはいえなかったけど、愛嬌のある人気者でさ、誰からも好かれていた。三味《しゃみ》なんかも上手に爪弾《つまび》いていたっけ」

「三味をなあ。ひとは見掛けに寄らぬものだ」

「惚《ほ》れっぽい性分が仇《あだ》になってねえ、大店《おおだな》の手代に見初《みそ》められたまではよかったが、その手代が帳場のお金を使いこんじまった。二進《にっち》も三進《さっち》もいかなくなって、とどのつまりが心中騒ぎさ。ふたりで手足を縛りあい、真冬の大川に身を投げた。運が良いんだか悪いんだか、手代のほうは死んじまったけど、おせいさんだけは助かっちまった」

「ふうん」

生きのこった心中の片割れは、男ならば死罪、女は人別帳からはずされて浅草《あさくさ》の溜まりへ送られる。それがお上のさだめた法度《はっと》だが、女にかぎって言うと、溜まりを仕切るお頭《かしら》の車善七《くるまぜんしち》に金を払えば、娑婆《しゃば》へもどってくることができた。

「六年もまえのはなしだから、あたしも又聞きなんだけどね」

芸妓で稼いだ蓄えがあったおかげで、おせいは浅草溜まりから逃れ、照降町の住人となった。そして、長屋で出逢った簪《かんざし》職人と所帯をもって娘までもうけ、一時は幸福をつかんだやにみえた。

「ところが、ご亭主は流行《はやり》風邪でぽっくり逝《い》っちまったんだよ」

おせいは嬰児《みどりご》を抱え、途方に暮れた。

「よくよく男運のない女だと、長屋の連中は口々に囁きあった。

それでも、おせいは洗濯女の仕事をみつけ、女手ひとつでおきぬを育ててきたのだ。

溜息とともに語られる女の来し方を聞きながら、三左衛門は重苦しい気分にさせられた。

「おまえさん、洗濯女の仕事ってのをご存知かい」

井戸端に行けば、いつでも目にできる。嬶《かか》ぁたちが世間話をしながら、灰汁《あく》桶《おけ》のなかで汚れ物を揉んでいる。

「冗談じゃない。洗い物の量が半端じゃないんだよ」

洗濯屋は大量の水をつかうので、たいていは川の側にあった。

大店の仕着《しきせ》や渡り中間《ちゅうげん》の貸衣装などを一手に請けおい、着物はすべて糸を解いて一枚の布にしてから洗う。

洗うまえにはまず、木炭や藁灰《わらばい》などから灰汁をとらねばならない。灰汁は洗剤としての用途のみならず、染料の媒染薬《ばいせんやく》にもなれば、筍《たけのこ》など繊維質の食材を煮る際にも使用される。

「女たちの仕事場は、川縁に敷かれた石畳のうえさ」

石畳に汚れ物を積みあげ、一枚ずつ伸ばしては足で踏みつけたり棒で叩き、仕上げは手揉みで洗いながす。すっかり汚れが落ちたあとは丁寧《ていねい》に糊《のり》を付け、伸子《しんし》や張り板で一枚ずつ張り、色落ちに気を配りながら天日で乾かし、乾いたら布を縫いあわせるところまでやらねばならない。

ひとくちに洗濯といっても、気の遠くなるような作業である。

「冬場はそりゃ辛いものさ。おせいさんの掌をみたかい。あかぎれを繰りかえすうちに皮が分厚くなっちまったんだよ」

そんなおせいの様子が、ちかごろどうもおかしいと、おまつは首をかしげる。

「なんだか、いつも熱っぽい顔をしていてね」

「疲れておるからだろう」

「あたしもそうおもったさ。でも、あれはちがうね」

「ちがうとは」

「これは女の勘だけど、おせいさんは恋をしているよ」

「恋だと」

耳慣れぬことばを聞いた途端、三左衛門はどぎまぎした。

おまつは気にも掛けず、宙を凝視めながら喋りつづける。

「いまから半月ほどまえ、おきぬちゃんが高熱を出して寝込んじまってねえ。おせいさんは病気平癒《へいゆ》をねがい、新材木町《しんざいもくちょう》のお稲荷《いなり》さんでお百度を踏んだのさ」

とある晩、おせいは参拝から帰る途上で酔った男どもにからまれた。周囲には人影もない。あらんかぎりの声で助けを呼んだところ、幸運にも救いの神があらわれ、九死に一生を得た。

「見知らぬ浪人者に救われたのさ」

「ほう」

浪人者は大柄な男で、物干し竿のような大太刀を肩に担いでいた。

これをたちどころに抜いてみせるや、酔っぱらいどもは肝《きも》を潰し、尻をみせて逃げだしたという。

「そんなはなしは聞いたこともないぞ」

「あたしだって、小耳にはさんだのはつい先日のことさ」

おせい本人が、何かの拍子に漏らしたのだ。

「照降町では誰ひとり知らないはなしだよ」

「で、浪人の名は」

「それが、名どころか、顔もよくおぼえていないらしいんだよ」

「顔も知らぬ浪人に恋をしたというのか、おかしなはなしだな」

「ひとことでいいから御礼が言いたいんだと。でも、あれは恋の熱に浮かされた顔だね」

これればかりは、体験したものでなければわからないと言いはなち、おまつは潤《うる》んだ瞳《ひとみ》をむけてくる。

三左衛門は咄嗟《とっさ》に顔を背け、はぐらかすように吐きすてた。

「解《げ》せぬなあ。だいいち、おせいは子持ち女であろうが」

「おや、聞き捨てならない科白《せりふ》だねえ。子持ち女が恋をしちゃいけないってのかい。おまえさんだって、こぶつきの出戻り女とくっついたじゃないか」

般若顔《はんにゃがお》で凄まれ、三左衛門は鯉《こい》のように口をぱくつかせた。

それにしても、引っかかるのは浪人者の風体である。

物干し竿をたちどころに抜いたというあたりが、どうも気になる。

「おまえさん、ひょっとして心当たりでもあんのかい」

勘の良いおまつに詰めよられ、三左衛門は適当にお茶を濁した。

三

長月《ながつき》十日、浅草寺《せんそうじ》では菊供養《きくくよう》がおこなわれる。

午後、三左衛門は浅草寺境内の奥山《おくやま》へ足をむけた。

轟十内が床店を張っていると聞いたからだ。

教えてくれたのは又七だが、口の軽い又七には事情を告げていない。

おまつは轟のことを知った途端、瞳をかがやかせるにきまっている。

聞けば、おせいの働く洗濯屋は馬喰町にあった。轟の住む橋本町とは隣町同士、どちらも浜町堀《はまちょうぼり》に面している。これひとつとっても、おまつは何かの奇縁《きえん》だと騒ぎたて、おせいのもとへ走るにちがいなかった。

差し出がましいことをするなと叱っても、おまつの暴走は止められまい。男運のない洗濯女が恋の熱に浮かされ、それを知った十分一屋は一銭にもならないのに、女と男を結びつけたいと考えている。

おなじ長屋に住む親しい間柄とはいえ、恋の片棒を担ぐのはどうかとおもう。他人の恋路に関わるのは、無粋な者のすることだ。が、無関心をきめこもうとすればするほど、気になってしかたがない。仕舞いには夢見がわるくなり、おまつには内緒で轟を訪ねてみることにしたのだ。

「お節介病《せっかいびょう》が伝染《うつ》ったかな」

三左衛門はひとりごち、雷門《かみなりもん》をくぐりぬけた。

本堂の西側にひろがる奥山は、江戸随一の盛り場である。

食べ物の露店や見世物小屋が軒をならべ、曲芸師たちが喝采《かっさい》を浴びている。

そうしたなかに、鍾馗の髭を生やした轟十内のすがたもあった。

あいかわらず客はまばらだが、又七は滔々《とうとう》と口上を述べている。

「さあ、お立ちあい。名人が腰に差したるは法成寺国光の大太刀、これをば卍抜けに抜きはなち、柿の実を十字に斬りわけて進ぜよう。それっ」

「ほっ」

三方に乗った轟は柿の実を抛りなげ、大太刀を垂直に引きぬいた。

長尺の刃は鋭い弧を描き、見事に赤柿を四つに斬りわけてみせる。

「よっ、日本一」

客のなかから、威勢の良い声が掛かった。

これを受け、又七の口上はつづく。

「お客さまはお目がお高い。これにある箱の中味は反魂丹の丸薬袋、代金はたったの八文だよ」

「よし、買った」

手をあげたのは、さきほどの優男《やさおとこ》だ。

誰かとおもえば、廻り髪結いの仙三《せんぞう》であった。

「おい」

背後から声を掛けると、仙三はぎょっとした顔で振りむいた。

「うわっ、浅間さま」

「なにを驚いておる」

仙三は機転が利くので、奉行所《まちかた》の御用聞きも務めている。

又七の幼なじみでもあり、何かと頼りにされているのだ。

「おぬし、さくらを頼まれたな」

「え、へへ」

恥ずかしそうに笑う仙三を、三左衛門は睨《にら》みつけた。

「御用聞きがさくらとは、いただけぬはなしだな」

「すんません。こうでもしなけりゃ、ひとっ袋も売れねえもんで」

「悪あがきはせぬことだ。ほら」

気づいてみれば、周囲に客はひとりもいない。

「くそっ、やめた、やめた」

又七は臍《へそ》を曲げ、商売道具を仕舞いこんだ。

そして三左衛門には目もくれず、仙三とふたりで何処《どこ》かへ消えた。

取りのこされた轟は怒りもせず、くうっと腹の虫を鳴らしている。

「はは、よかったら、そのへんで鴫焼《しぎや》きでも食いませんか」

三左衛門が誘ってやると、轟は嬉しそうに頷《うなず》いた。

ふたりは肩をならべ、辻屋台《つじやたい》のほうへ足をむけた。

今時分は芋酒《いもざけ》を冷やで呑みながら、平串《ひらぐし》の田楽《でんがく》を食うのがよい。

なかでも、炙《あぶ》った秋茄子《あきなす》を味噌だれで食う鴫焼きは絶品である。

「これは、うまい」

轟は鴫焼きを頬張《ほおば》り、腹の底から発した。

ふたりは立ったまま芋酒を呑み、酒がすすむにつれてはなしもはずんでいった。

「ほう、轟どのは豊後臼杵《ぶんごうすき》のご出身か」

「さよう」

府内《ふない》（大分）から鹿児島《かごしま》へ南下する日向街道《ひゅうがかいどう》の脇道、臼杵城路へ迂回《うかい》すると、磯の香の漾《ただよ》う城下町がみえてくる。臼杵湾に面する丹生島《にうじま》に築かれた城は、元来、大友宗麟《おおともそうりん》の根城だった。関ヶ原《せきがはら》の戦役後、美濃《みの》の豪族であった稲葉氏《いなばし》が封じられ、今も臼杵藩稲葉家の治世はつづいている。

「浅間どのは臼杵をご存知なのですか」

「いや、九州の地を踏んだことはござらぬ。廻国修行の旅に出た友の便りで、磨《ま》崖仏《がいぶつ》のことを知りましてな」

「拙者の故郷は、その磨崖仏を間近にのぞむ僻邑《へきゆう》ですよ」

「ほう、そうでしたか」

荒々しい造形で知られる臼杵磨崖仏は、城下の南西約一里半の山中に点在する。所在地は四箇所に分かれ、ぜんぶで五十有余体の仏像群からなるが、とりわけ、巨大な大日如来座像《だいにちにょらいざぞう》を中心に置く古園石仏《ふるぞのせきぶつ》は、みるものを圧倒した。

轟は臼杵藩の重臣を務める家系に生まれたが、分家の次男坊だったので番方《ばんかた》の軽輩に甘んじていた。数年経って剣術の腕前を認められ、馬廻り役に抜擢《ばってき》されたのだという。

「それは奇遇ですな。じつを申せば、拙者も七日市藩で馬廻り役を仰せつかっておりました。無論、臼杵藩五万石とは所帯が異なりますが」

「なんの、七日市藩は小藩なりといえども、関東防備の一翼を担ってござろう」

「ま、いまさら藩の自慢話をしても虚しいだけのこと、やめにしましょう」

「ふっ、さようですな。拙者なぞはもはや、出奔《しゅっぽん》して十年になります」

「十年」

「古いはなしにござる」

十年前の文化《ぶんか》八年（一八一一）師走《しわす》、臼杵の百姓たちが長びく飢饉《ききん》に耐えかね、庄屋や商家の打ちこわしをはかるという由々《ゆゆ》しき事態が勃《お》こった。

轟の出奔は打ちこわしに関連してのことらしいが、詳細はわからない。

三左衛門は敢えて訊く気もなかったし、みずからの出奔理由も語らなかった。

辻屋台で傷を嘗《な》めあっても、秋風が身に沁《し》みるだけのことだ。

ふたりには、それがわかっている。

轟は芋酒を呷《あお》りながら、この十年、いちどたりとも帰郷したことがないと漏らす。

「ならば、帰りたいでしょう」

「ええ、まあ。臼杵は良いところですからな。城下にはなだらかな坂道がおおく、どの露地裏からでも真っ青な海がみえる」

「それは羨《うらや》ましい」

三左衛門は内陸に生まれ育ったので、海のある故郷の景観を知らない。

轟は眸子《まなこ》をほそめ、ふいに話題を変えた。

「浅間どの、菊供養は済まされましたか」

「いいえ、観音さまへの供養よりも、屋台で酒を浴びておるほうが性に合っております」

「なるほど。それにしても貴殿が羨ましい。又七どのに聞きましたぞ、幸せなど家族がおありだと。それにひきくらべ、拙者なぞは頼ってくれるものとていない。まさに、十日の菊でござるよ」

時機に遅れ、何の役にも立たぬ男だと、轟は自嘲《じちょう》する。

「十日の菊か……」

三左衛門は酒を注いでやりながら、わずかに声の調子をあげた。

「……おもいきって、轟どのも所帯をもてばよろしかろう。さすれば、暮らしむきにも潤いが出てきますよ」

「しかし、これればかりは縁物、人と人はそう簡単に結びつくものではござらぬ」

ここぞとばかりに、三左衛門はたたみかけた。

「つかぬことをお尋ねいたすが、半月ほどまえ、新材木町の稲荷明神側で女を助けませんでしたか」

「ん、助けましたが」

「やはり」

「なにか」

「じつを申せば、助けられた女が貴殿をさがしております。なにやら、礼を言いたがっておるとか」

三左衛門はおせいの素姓《すじょう》を語り、轟にさぐるような眼差しをむけた。

「迷惑でしたか」

「いえ、いっこうに」

「ほっとしました。ついでに、差し出がましいことを申すようだが……おせいという女に逢ってみませんか」

柄にもなく胸を高鳴らせ、じっと応えを待つ。

「考えておきましょう」

轟は柔和な笑みを泛べ、存外、あっさりと応じてくれた。

急に肩の荷が降りたようになり、いつになく酒がすすむ。

ふたりはすっかり意気投合《いきとうごう》し、屋台を三軒ほど梯子《はしご》した。

帰りの道程は、よくおぼえていない。

妙に浮かれた気分のまま、川縁を漫《そぞ》ろに歩んだような気がする。

四

杏色《あんずいろ》の夕照が川面《かわも》を燃やし、釣瓶落《つるべお》としに沈んでいった。

半刻（一時間）もすると、螽蟖《きりぎりす》がちょんぎいす、ちょんぎいすと鳴きはじめた。

長月十三夜は、わずかに欠けた月を楽しむ。仲秋の名月に呼応して後《のち》の月とも呼び、月見をしなければ片月見と忌《い》み嫌われる。

轟十内のことをおまつに告げると、とんとん拍子にことは進みはじめた。

「善は急げだよ」

あれよという間に見合いの段取りがととのい、今宵の宴とあいなったわけである。ささやかな宴席は、柳橋の「夕月楼《ゆうづきろう》」なる料理茶屋の二階座敷を借りておこなわれた。

楼主の金兵衛《きんべえ》に頼んだところ、快く只《ただ》で引きうけてくれたのだ。

「おもしろい。そうした事情なら、ひとはだ脱ぎましょう」

ぽんと胸を叩いてみせた金兵衛は、茶屋仲間の肝煎《きもい》りでもある。

太鼓腹《たいこばら》は突きでているものの、五十過ぎにしては面立ちが若々しい。

三左衛門とは釣りが縁で知りあい、投句でも一刻藻股千《いっこくもまたせん》という号をもっている。三左衛門の号は横川釜飯《よこかわかまめし》という。どちらにしても、ふざけた狂歌号だ。

内輪だけということで、宴席には少数のものしか呼ばれていない。

主役のふたりは内裏雛《だいりびな》よろしく上座にならび、左右には三左衛門と金兵衛、おまつに又七、金兵衛が手下のように使っている髪結いの仙三の顔もある。そして末席には、花色模様の着物を纏ったおすずとおきぬが、年子の姉妹のように仲良く座っていた。

一同の面前には蝶足膳《ちょうあしぜん》が置かれ、旬《しゅん》の食材が彩りも鮮やかに盛りつけてある。開けはなたれた窓からは、涼しい夜風が迷いこんできた。

窓下に流れる大川をみやれば、屋根船がゆったりと水脈《みお》を曳き、波紋の狭間《はざま》に水の月が揺れている。濡縁《ぬれえん》には薄《すすき》や団子《だんご》や栗《くり》を盛った三方が飾られ、月見の雰囲気を厳《おご》そかに演出していた。

おせいは轟と念願の再会をはたしたものの、助けてもらった礼もろくにできぬほど緊張している。

一方、轟は迷惑そうな顔ひとつみせず、にこやかに盃を干しつづけた。

そこはさすがに五万石の馬廻り役を務めたほどの人物だけあって、腰がしっかり座っている。この日のために月代《さかやき》を剃《そ》り、無精髭《ぶしょうひげ》もさっぱりさせてきた。身なりひとつをとっても並々ならぬ決意のほどは窺《うかが》われるのだが、おせいの人となりや恋情を聞き、身を固める気でのぞんでいるのはあきらかだった。

ともあれ、轟の凜々《りり》しい風貌は一同の目に眩《まぶ》しく映っている。

「まるで、仮祝言のようだねえ」

おまつが眸子をほそめると、金兵衛はすかさず相槌《あいづち》を打った。

「まったくだ。おせいさんは柳橋に縁のあるお方だから、幸せになってもらわなくては困る。どうだろう、おまつさんの口利きでもあることだし、雛壇のおふたりさんさえよければ、いっそのこと今宵を仮祝言になすったら」

「そうだ、そうだ、それがいい」

太鼓持ち役の又七が、絶妙の間合いで囃《はや》したてる。

俄然《がぜん》、みなの注目は上座のふたりにあつまった。

おせいは両頰を赤らめ、終始、俯《うつむ》いたままでいる。

詰まらない洗濯女のために宴など、そんなもったいないことをしてもらうわけにはいかない、と直前まで尻込みしていたところを、おまつが言葉を尽くして説得し、ようやく重い腰をあげさせたのだ。小さくなっているのも無理はない。

一方、轟は拒絶するでもなく、微笑《ほほえ》みながら盃をすっとかたむけた。

「よし、きまりだ。仮祝言をあげたら、おなじ屋根のしたに住んでも文句を言うものはおるまい」

強引にはなしをすすめながらも、金兵衛は幼いおきぬへの配慮も忘れていなかった。

「どうだ、おきぬ。新しい父《とと》さんは好きか」

「うん」

おきぬは初手から、子供好きの轟に懐いている。

そのことを、すでに金兵衛は見抜いていたのだ。

「ほほ、これはめでたい。浅間さま、一句浮かびましたぞ」

「聞きましょう」

「では」

みなが襟《えり》を正すなか、金兵衛の朗々《ろうろう》とした声が響きわたった。

「虫音聞く、月のある夜に船を出す……いかがです、聞くと菊、月と運《つき》を掛けたのだが」

「わかります、さすがは大向こうをも唸らす一刻藻股千どの」

たいして上手な川柳ともおもえなかったが、三左衛門は気を遣って世辞を述べた。

おまつは嬉しそうに手を叩き、如才《じょさい》なく膝をすすめて金兵衛に酌《しゃく》をする。

「ほんと、おせいさんは良いお方にめぐりあったよ」

おまつは席へもどってくるなり、つんと膝を突っついてきた。

「おまえさん、たまには粋なはからいをしてくれるじゃないか」

三左衛門は、母親に褒《ほ》められた子供のように嬉しかった。

余計なことをしたのではないかという気後れも、轟の満足げな顔を眺めれば吹きとんでしまう。

「あにさんもひとがわるい。轟の旦那と縁が深いのは、おいらなんだぜ。そうならそうと、いの一番に教えてくれんのが筋じゃねえのか」

又七は毒づきながらも、芯から怒っているふうでもない。

茶屋の馳走《ちそう》を只で食えるのだ。機嫌のわるかろうはずはなかった。

「あにさん、おいらも一句ひねったぞ。聞いてくれるかい」

「おう」

「洗濯屋、灰汁の強いは婿の顔……どうでえ、灰汁桶は嫁入り道具のひとつだかんな。もうひとつあっぞ。婿どのは物干し竿をもちにけり、嫁は灰汁とり洗濯女」

「ぷっ、ふざけた男だな、おまえは」

「ようし、笑ったついでに芸者でもあげっか」

と発した途端、又七はおまつに雷を落とされた。

「この表六玉《ひょうろくだま》、調子ぶっこいてると摘みだすよ」

「うほっ、さすがはおまつさんだ。小気味の良い啖呵《たんか》を切りなさる」

金兵衛は銚子《ちょうし》を取って膝をすすめ、轟に酌をしはじめた。

「轟さま、手前はおせいさんのことをようく知っております。このひとは、男にとことん尽くす女でしてな。けっして後悔はさせません。ええ、夕月楼の暖簾《のれん》にかけても保証しますよ」

じっくり頷く轟の横で、おせいは目頭《めがしら》をそっと拭く。

その様子を眺めつつ、おまつは貰い泣きをしている。

このまま滞《とどこお》りなく進展すれば、十中八九、ふたりはいっしょになるだろう。

三左衛門の確信はしかし、ものの見事に裏切られた。

五

雨のそぼ降る漫ろ寒い夕まぐれ、おせいが泣き腫《は》らした目で部屋を訪れた。

「おまつさん、あのひとが消えちまったんです」

昨晩、轟十内は何も告げずに家を出ていった。それきり、戻ってこないというのだ。

仮祝言の十三夜から四日後、おせいと轟はみなの期待どおり、照降町の九尺《くしゃく》店《だな》で暮らしはじめた。ところが、契《ちぎ》りを結んだ夜から三日も経たぬうちに、轟がふっつりすがたを消したのである。

おせいは時雨《しぐれ》の雨と泣きあかし、おまつが止めるのも聞かずに帰っていった。

露地裏の落ち葉を濡らす冷たい雨は秋時雨、降ったり止んだりを繰りかえす。

おせいの濡れた背中を目で追いながら、おまつはふうっと溜息を吐いた。

「行っちまったよ。ご新造さんを悲しませるなんて、どういうおひとだろうねえ」

聞けば轟は居合抜きの興行をつづけ、ここ数日は芝神明社《しばしんめいしゃ》の境内で床店を張っていたという。

「そのうち、ひょっこり帰ってくるさ」

「所帯をもってほやほやなんだよ。そんな不誠実なことが赦《ゆる》されてたまるもんか……やっぱり、急ぎすぎたのかねえ」

たしかに、焦って物事をとんとんすすめすぎた。

なにしろ、仮祝言の夜から七日しか経っていないのだ。

「おせいさんのはなしだと、轟の旦那は一昨日《おととい》あたりから、なにやら、おもいつめた顔をしていたらしいよ。おまえさん、気づかなかったのかい」

気づくもなにも、引っ越しの当日以外は顔も合わせていない。

「困ったねえ、どうしよう」

「どうしようと言われてもなあ……ん、そうだ、又七に聞けば何かわかるかもしれぬぞ」

噂をすれば影、ちょうどそこへ、又七がふてくされた面《つら》をみせた。

「ふたりとも恐え顔して、どうしたってんだい」

「轟十内が消えたのさ」

「うえっ、そいつは困ったな」

「おまえ、行く先に心当たりはないか」

「おいらもさがしに来たところさ。芝神明のだらだら祭りは、明日で仕舞いになる。今日が書入の追いこみだってのに、肝心の居合名人が朝からお見えにならねえときた。貧乏長屋にもいねえってことは、きっとあれだな、女房から逃げたんだな」

「手前勘でものを言うんじゃないよ」

おまつにぴしゃりと釘を刺され、又七は口を尖《とが》らす。

「あねさん、近所の噂を知らねえのか」

「なんだい、言ってみな」

「おせいと付きあった男は、ふたりともあの世へ逝っちまった。二度あることは三度あるってな、嬶ぁどもが井戸端で喋ってたぜ」

「ひねくれた連中だねえ」

「あねさんが火消しにまわっても、このぶんじゃ噂は収まりそうにねえやな。子持ちの洗濯女が身の程知らずの恋に落ち、運良く結ばれたとおもったら、あっという間に逃げられちまった。逃げた男がわるいのか、逃げられた女がわるいのか、どっちにしろ、これほどみっともねえはなしもねえ。とな、町中のやつらが笑うにきまってらあ」

「あんだって、このすかたん」

怒りあげるおまつを押さえ、三左衛門が口をひらいた。

「又七、轟どのを最後にみたのはいつだ」

「昨日の夕刻だよ」

「いつもとちがう様子は」

「なかったね……いや、待てよ」

「どうした」

「一昨日の暮れ六つ、こざっぱりした侍がひとり床店のまえに立った。そいつを目にした途端、轟の旦那は柿の実を取り落としちまったんだ。これまで、そんな失敗《しくじり》はいちどもなかったかんな、おいらは驚いて口上も忘れちまったほどさ」

「侍の特徴は」

「四十がらみの男さ。けど、面つきまでは忘れちまったなあ。仙三なら憶えているかもしれねえ」

「仙三もいたのか」

「さくらだよ」

焦れたおまつが半畳を入れた。

「どうでもいいけど、みんなで手分けして捜しておくれよ。轟の旦那に何かあったら、おせいさんに顔向けできないよ」

「ふん、余計なお節介が仇になったんじゃねえのか」

と、又七は痛いところをついてくる。

三左衛門は蒼白な顔のおまつをのこし、芝神明社へむかうことにした。

「又七、おまえは仙三を連れてこい」

「合点承知之介《がってんしょうちのすけ》」

ふたりは落ちあう場所をきめ、表通りで分かれた。

しょぼしょぼと降る雨のなか、芝口までは猪牙《ちょき》をつかう。

八丁堀《はっちょうぼり》を左手にみながら楓川《もみじがわ》を突っきり、芝口で降りたあとは東海道を八町ばかり南下する。やがて、増上寺《ぞうじょうじ》の鬱蒼《うっそう》とした翠《みどり》がみえ、祭りの喧噪がちかづいてくる。

切りとおしの鐘が六つの捨て鐘を打つころ、三左衛門は境内に足を踏みいれた。

芝神明社では、長月十一日から十日間も秋祭りが催される。

秋祭りといえば十五日の神田明神祭《かんだみょうじんさい》が有名だが、芝の祭りには煌《きら》びやかな山車《だし》を繰りだすような派手さはない。秋の長雨とかさなるので、だらだら祭りとも、谷中《やなか》の生姜《しょうが》を売る露店がならぶので、生姜祭りとも呼んだ。

神明門前町から日蔭町《ひかげちょう》にいたる大路には、大小の露店が立ちならんでいた。

店々に吊された軒提灯《のきぢようちん》は濡れそぼち、往来は番傘の花で埋めつくされている。濡れ髪の女房たちはみな、祭り土産の千木箱《ちぎばこ》を提げていた。丹《に》や緑青《ろくしよう》で藤の描かれた小判状の曲げ物には、飴がはいっている。この千木箱を簞笥《たんす》に入れておくと衣装が増えると謂《い》われ、女たちに人気が高い。

ありとあらゆる物売りの口上が、往来に飛びかっていた。

三左衛門は足を止めもせず、本堂手前まで歩をすすめた。

銀杏《いちよう》の巨木が大振りの枝をひろげ、黄金に色づいている。

実を拾いながら待っていると、四半刻もしないうちに又七があらわれ、さらに半刻のちに仙三がやってきた。

「浅間の旦那、当たりをつけてきやしたぜ」

と、仙三は得意げに胸を張った。

侍の顔を憶えていたばかりか、氏素姓《うじすじよう》まで調べてきたというのである。

「男の名は桐原主水之介《きりはらもんどのすけ》、大井村《おおいむら》の犬坂《いぬざか》に一颯館《いつさつかん》という剣術道場がありやす。その道場主なんで」

仙三はよどみなく喋りきり、道場の場所をしめす絵図まで差しだした。

「犬坂の途中に大きな桐の樹があるそうで。場所はすぐにわかりやすよ」

「さすがは仙三、頼りになる」

「犬並みに鼻が利く、ですかい。そいつは夕月楼の旦那が仰《おつしや》る科白ですぜ」

「ふふ、いじけるな。で、桐原とか申す道場主の出身は」

「そいつがわかりゃ苦労はしやせんぜ。でも、旦那の睨んだとおり、豊後訛りがあるとかねえとか。おそらく、轟十内さまとはご同郷の間柄、こいつはあっしの勘だが、ふたりのあいだには、のっぴきならねえ事情があったにちげえねえ」

「よし、それだけわかれば充分だ。おぬしらは、いまいちど境内の周辺を捜してくれ」

「浅間さまは、どうしなさるので」

「桐原とか申す道場主を当たってみる」

「無理かもしれやせんぜ。桐原ってのは近所でも評判の石頭野郎らしいんで。正面からぶつかっても、門前払いを食うのがおちだ」

「策がいるな」

「妙案はごぜえやすかい」

「ない」

三左衛門は憮然《ぶぜん》と言いはなち、銀杏の樹に背をむけた。

六

大井村までは二里余り、辻駕籠《つじかご》を飛ばしても半刻はかかる。

千貫紅葉《せんがんもみじ》で知られる海晏寺《かいあんじ》を過ぎて右手に曲がり、仙台坂、木の芽坂と、辻駕籠は順調に風を切った。目的地の犬坂は木の芽坂を登った右手にある。地のものに「蛇《へび》だんだん」と呼ばれる七曲がりの急坂だ。

駕籠を降りたのは亥《い》ノ四つ（午後十時）、周囲は漆黒《しっこく》の闇にとりつつまれ、あいかわらず糠雨《ぬかあめ》が降っている。

「酒手《さかて》をはずんでくれや」

悪相の駕籠かきに凄まれても、三左衛門はいっこうに動じない。

「三途《さんず》の川の渡し賃なら、めぐんでやってもよいぞ」

ぐっと睨みつければ、駕籠かきどもは尻尾《しっぽ》を巻いて逃げてゆく。

なにはともあれ、木戸の閉まるこの時刻に江戸のとっぱずれまでやってくることなど、そうあるはなしではない。

三左衛門は濡れた着物の襟を寄せ、坂道を下りはじめた。

――ふおおお。

聞こえてくるのは野犬の遠吠え、さすがに犬坂と称されるだけのことはある。

仙三の言うとおり、坂の中腹には大きな桐が枝をひろげていた。

一颯館は桐に埋もれたように建っており、しもた屋風のこぢんまりとした屋敷だった。道場開きは五年前、年月はまだ浅いが、桐原主水之介の剣名を慕うものは多いとか。小さい所帯ながらも門人にめぐまれ、犬坂の一颯館といえばこの界隈で知らぬものはいないという。

肝心の流派はタイ捨《しゃりゅう》流の流れを汲む真貫流《しんがんりゅう》、三左衛門の修めた富田流とは接点がない。

「他流試合になるか」

若い時分の熱情が、久方ぶりに沸きあがってくる。

これでも、かつては剣の虫と称された男、真剣を翳《かざ》した命のとりあいではなく、板の間での勝負なら、純粋にやってみたいという気持ちはある。

仙三も指摘したとおり、轟十内と桐原主水之介は同郷人にちがいない。

轟が忽然《こつぜん》と消えたのは、おもいがけず桐原との邂逅をはたしたからだ。

なぜ、轟は消えねばならなかったのか。

どうしても真相が知りたかった。

が、桐原に信用されぬかぎり、真相を聞きだすことは叶《かな》うまい。

剣客同士が胸襟《きょうきん》をひらく方法はひとつ、手合わせする以外になかった。

しかし、どうやったら先方をその気にさせることができるのか。

策が浮かばぬときは、やはり、正面突破をはかるしかあるまい。

「たのもう、たのもう」

三左衛門は大声を張りあげ、門を敲《たた》きつづけた。

しばらくして潜り戸がひらき、手燭《てしょく》を提げた妙齢の女が顔を出した。

「どなたさまですか。何のご用でしょうか」

怯《ひる》みかけた気持ちを奮いたたせ、三左衛門は居丈高《いたけだか》に発する。

「どなたもこなたもない。亥ノ正刻に参上した輩《やから》をなんと心得る」

「はあ」

「物取りでなければ、道場荒らしにきまっておろうが。受けてたたぬというのなら、この腐れ看板を貰いうけてまいろうぞ」

こほっと咳払いをすると、女は不敵にも微笑んだ。

通常ならば門前でしばらく待たされ、なんやかやと理由をつけて門前払いを食わされるところだ。

案に反して、女は即答した。

「かしこまりました。どうぞ」

潜り戸の内へ、招きいれたのである。

艶やかな朱唇《くちびる》に目を吸いよせられ、三左衛門は本来の目的を見失いかけた。

こちらから仕掛けておきながら、狐《きつね》につままれたような心持ちだ。

古着を纏った濡《ぬ》れ鴉《がらす》が一羽、妖しげな手燭の灯りに導かれてゆく。

「さ、道場はこちらです」

女はがらんとした道場に灯りを点けてまわり、正面の床の間にむかって印を結んだ。

床の間には大日如来の木像を中心に十二体の仏像が安置され、軸には野太い文字で「剣禅一如《けんぜんいちによ》」とある。床柱の竹筒には紫の竜胆《りんどう》が挿《さ》してあり、手折《たお》ったばかりのように花弁が濡れていた。

女は手馴れた仕種《しぐさ》で襷《たすき》掛《が》けを済ませ、くるっとこちらを振りむいた。

「されば、お相手つかまつる。得物は木刀でよろしいですか」

丸髷《まるまげ》に白鉢巻きまで締め、平然と嘯《うそぶ》く。

「ちょっ、ちょっと待て」

「なにか」

女は小首をかしげ、上目遣いに睨みつけた。

白い顔に赤味が射し、凄艶《せいえん》さを浮かびたたせる。

「わしはな、桐原主水之介どのと立ちあいたいのだ」

「女では相手にならぬと仰る」

「いや、そうは申しておらぬ」

「夫は留守をしておりますゆえ、妻の桐原早苗《さなえ》がお相手つかまつる。失礼ですが、ご姓名とご流派をお教えくだされ」

妻と聞いて驚いた。若い。二十歳《はたち》そこそこにしかみえない。

しかも、武家の妻女が主人の留守に立ちあうことなどあり得ない。

「ご姓名を」

かさねて糺《ただ》され、口が滑った。

「浅間三左衛門でござる。流派は富田流」

「富田流ですか。なれば小太刀で立ちあいますか」

早苗と名乗る桐原の妻は、大小の木刀を携えてきた。

「お好きなほうをお選びなされ」

「いや、ちょっと待ってくれ」

「まだなにか」

「やはり、そなたとは立ちあえぬ」

「ふふ、意気地のないことを。わたしは一颯館の師範代を任される身、立ちあいに遠慮は無用じゃ」

早苗はぞんざいに発し、短いほうの木刀をこちらに抛りなげた。

「けえっ」

やにわに、真正面から突きかかってくる。

三左衛門は木刀を宙で摑み、反転しながら躱《かわ》した。

「やっ」

体勢を立てなおす暇もなく、中段から突きがくる。

これを木刀で撥《は》ねあげるや、早苗は間合いから逃れていった。

「見事な受け太刀にござります」

蛤《はまぐり》刃《ば》を青眼にぴたりと静止させ、早苗は無表情に言ってのける。

息はわずかもあがっていない。師範代というのは嘘ではなさそうだ。

「詮方《せんかた》ない、やるか」

三左衛門が吐いた途端、早苗のからだが揺れるように迫ってきた。

素早い。肥後の剣豪丸《まる》目《め》蔵人《くらんど》佐《のすけ》が創始したタイ捨流秘伝の体捌《たいさば》きか。

「へやっ」

憶測の余裕も与えられず、鋭い突きが鼻先を襲う。

二段突きとみせかけて、下段からの臑《すね》斬《ぎ》りがきた。

はっとばかりに跳躍し、三左衛門は瀬《せ》戸《と》際《ぎわ》で躱す。

「たっ」

すかさず、中段から薙《な》ぎあげられた。

片手打ちに叩きかえすと、間髪《かんはつ》を容《い》れず、二段突きが襲いかかってくる。

早苗の鬼気迫る攻撃には、正直、狼狽《ろうばい》を禁じ得ない。

タイ捨流の極意は捨て身、肉を斬らせて骨を断つ荒々しさを持ちあわせている。根にある精神は戦塵《せんじん》で具足《ぐそく》の隙間を狙う介者剣術《かいしゃけんじゅつ》、天下泰平の世の中で一颯館だけは甲冑《かっちゅう》武者《むしゃ》の気骨を伝えているというのか。

しかも、技の担い手は可憐な女、道場主の妻である。

やはり、おかしい。

木刀を叩きあわせるごとに、疑念はどんどん膨《ふく》らんでいった。

三左衛門は受け太刀をとりながら、早苗の気迫に呑まれてゆく。

「受けているだけでは、勝負になりませぬぞ」

「ならば、どうせよというのだ」

「本気で懸かってきなされ」

「小癪《こしやく》な」

三左衛門は片手持ちで右籠手《みぎこて》を狙うとみせかけ、木刀を相手の顔に投擲《とうてき》した。

「うっ」

早苗が仰《の》けぞった間隙を衝き、つっと身を寄せて右腕を搦《から》めとる。

じたばたする早苗の腕を捻りあげ、背後から肩と胸を押さえつけた。

「は、はなせ」

女の芳香が匂いたった。

と、そのとき。

道場に一陣の風が吹き、蠟燭《ろうそく》の炎が揺れた。

「そこまでじゃ。早苗、控えよ」

暗がりから重厚な声が投げつけられ、早苗は床に蹲《うずくま》った。

「そちの敵《かな》う相手ではない。失《う》せせよ」

「は、はい」

早苗は消えいるように応じ、悔しさを滲《にじ》ませながら立ちさった。

闇の底からあらわれた人物は、想像よりも小柄な男だった。

七

ふたりは「剣禅一如」の軸を横にして対座した。

おたがい、できる相手かどうかは物腰でわかる。

桐原が、おもむろに口をひらいた。

「妻は未熟者、ご無礼をお赦しくだされ」

「なんの、仕掛けたのはこちらです」

「富田流秘伝の小太刀、いちどお手合わせねがいたいものですな。されど、今宵はいけませぬ。何人《なんぴと》とも太刀を交えてはならぬと、卦《け》に出ましてな」

「卦に」

「さよう。残念だが、お引きとりねがいたい」

「お待ちを。正直に申しあげる。拙者は道場荒らしではござらぬ」

「わかっておりますよ」

「え」

「貴殿からは微塵《みじん》の殺気も感じません。して、まことのご用件とは」

桐原にごまかしは通じない。

三左衛門は、轟十内との経緯《いきさつ》を正直に告げた。

「なるほど、ご用件の主旨はわかりました。もうお気づきでしょうが、あれにある大日如来と十二仏は臼杵磨崖仏を模したものにござる」

「やはり」

「拙者もかつては臼杵藩士、轟十内とは鎬《しのぎ》をけずった仲であった」

「さようでしたか」

「お役目もおなじ馬廻り役、肝胆相照《かんたんあいて》らす仲でもあったが、非業の運命《さだめ》にみちびかれ、仇同士となったのでござる」

十年前、臼杵藩では藩政を揺るがすほどの一揆《いっき》が勃こった。数年来の米不足で百姓たちは暮らしに行きづまっていたというのに、厳しい年貢のとりたてと運《うん》上金《じょうきん》の割りましが断行されたからだ。

一揆を力ずくで潰すか、それとも妥協の道を探るか、藩内の意見は二分された。そうしたなか、急進派の重臣たちが殿様の沽券《こけん》にも関わると強硬意見を主張し、大勢は一挙に一揆鎮圧《ちんあつ》の方向へかたむいた。

「拙者は鎮圧に反対の立場をとる重臣に呼びだされ、さる人物の暗殺を命じられました。拙者は百姓を蔑《ないがし》ろにする藩政に嫌気が差していた。ゆえに、卑怯《ひきよう》な手段とは知りつつも、命に服したのでござる。斬るべき相手は一揆鎮圧を声高に唱える急先鋒《きゆうせんぽう》、用人部屋頭の轟左近《さこん》さまでした」

「轟」

「はい、十内の叔父上《おじうえ》にござる」

桐原は轟左近を斬り、その足で出奔した。

左近が死んだことによって一揆鎮圧の機運は急速に鎮まり、やがて、百姓たちとのあいだで年貢米の量を調整するなどの妥協がはかられることとなった。

藩の一大事は回避され、桐原の行為は不問に処された。

黙っていられないのは、家長を失った轟家の遺族である。

遺族の恨みは、失踪した桐原個人へむけられた。

ところが、いざ仇討《あだう》ちをやろうにも、肝心の担い手がいない。

轟の本家には男子がふたりあったが、不運なことに長男は父の後を追うように頓死《とんし》、生まれつき病弱な次男は仏門にはいっていた。年頃の娘もひとりあったが、仇討ちに駆りたてられるという理由で婿になろうと申し出るものもいない。紆余曲折《うよきょくせつ》のあげく、分家筋にお鉢がまわってきた。

「貧乏籤《びんぼうくじ》を引かされたのが、十内だったというわけです」

「なるほど、それで、轟どのも出奔を余儀なくされたのか」

「追っ手が十内と知り、拙者は臍《ほぞ》を咬《か》みました。尋常に勝負いたせば、どちらかが死ぬ。この手で十内は斬れぬ。斬られて死ぬのはいっこうに構わぬが、死ねば十内に重荷を背負わせることになる」

かといって、腹を切るのもばかばかしい。なるほど、暗殺は卑劣な行為だが、桐原には百姓たちを救ったという自負があった。

「とどのつまり、逃げるよりほかになかったのでござる」

桐原は日本全国を旅しながら、再起の機会を窺った。

そして、大坂で貯めた小金を元手に、五年前、一颯館をひらいた。

「早苗は、零落《れいらく》した武家の娘でござる」

「ほう」

「大坂の岡場所に売られていたのを請けだし、妻にいたしました」

聞けば、早苗も数奇な運命をたどった女だった。

父親がとある事情で朋輩に討たれ、一家離散の憂《う》き目《め》をみさせられたのだ。

「いつかは仇にめぐりあうかもしれぬと、早苗は剣術修行に没頭しました」

早苗のすがたに、いつも十内をかさねあわせていたという告白が、桐原の複雑な心境を物語っている。

「十内のことは片時も忘れたことがない。ただ、十年前の行為は風化し、十内の印象も薄れていたことはたしかです。されど運命とは恐ろしいもの、偶然に足をむけた芝神明社の境内で、拙者は十内と邂逅をはたしました。そして、約束を交わしたのです」

「約束とは」

「二十三夜亥ノ正刻、芝神明社の境内で闘うことにあいなりましょう」

「なんと、三日後か」

「十内の執念が邂逅を導いたのでござる。十年は重い。拙者は行かねばなりませぬ。もはや、たがいに故郷を捨てた身、ふたりとも臼杵には待つものとてござらぬ。無言で太刀を抜き、拙者が討たれればそれでよい」

桐原は真剣ではなく、竹光を忍ばせてゆく所存だという。

「死ねばようやく、胸のつかえもとれます」

「それでは、早苗どのが悲しむ」

「仇を追うものの気持ちを、あれは痛いほど承知しております。嘆きこそすれ、止めはいたしますまい。正直、拙者は疲れました」

逃げることに疲れたのか、それとも、人生そのものに疲れたのか。

対座する男が、しょぼくれた老人にみえてくる。

「浅間どの、侍とは悲しい生き物ですな」

当初の目的は風化し、仇討ちの成就《じょうじゅ》を期待するものとていない。

それでも決着をつけなければ、侍の一分は立たぬ。

三左衛門には、そのあたりの相剋《そうこく》がよくわかった。

やむなきことであったとはいえ、おのれも朋輩を斬って出奔した身、轟や桐原の気持ちは手にとるようにわかる。

なるほど、十年という歳月は重い。

轟は仇を追うのに疲れ、生きる目的を失いかけていた。

が、人生を前向きに生きるべく、新たな目的に縋《すが》りつこうとした。

そして、洗濯女のおせいと結ばれた矢先、十年来の仇に遭遇《そうぐう》してしまったのだ。

過酷《かこく》といえば、あまりに過酷な試練ではある。
いまさら、使命感に燃えたわけでもあるまい。
恨《うら》み辛《つら》みや、怒りの感情もなかったであろう。
しかし、轟は桐原と対決しなければならない。
侍とは、瑣末《さまつ》な意地のために命を賭けようとする厄介《やっかい》な生き物なのだ。
かりに、轟が生きのこったとしても、二度と照降町へ戻ってくることはあるまい。
「人生とは難しいものにござる」
桐原は、ぽつりと漏らす。
もはや、斬られたも同然だった。
いつのまにか、水を打ったように静まりかえっている。
どうやら、雨は熄《や》んだらしい。
桐の葉が静寂を破り、かさっと落ちるのが聞こえた。
桐原主水之介とは、対座する男の本名ではない。
「門前の桐に因《ちな》んで改名したのですよ」
道場主は寂しげにつぶやき、にこっと笑った。

八

長月の別名は色取月《いろどりづき》、秋風がひとしお身に沁《し》みるようになると、野山は錦繍《きんしゅう》に彩られ、霜枯《しもが》れた野辺には紫の花がめだってくる。

一颯館で目にした竜胆の色が、瞼《まぶた》の裏に焼きついていた。

芝神明社のだらだら祭りも終わり、喧噪は嘘のように消えさった。

夕焼け空を仰げば、色無き素風《そふう》に誘われて雁《かり》の群れが飛んでいる。

三左衛門は銀杏の落ち葉を踏みしめ、ふと、渡り鳥の逸話をおもいだした。

秋になると、雁は止まり木を銜《くわ》えて飛来し、すべての木切れを浜辺に落としてゆく。そして春になると、おなじ木切れを銜え、ふたたび、北の地へ帰ってゆく。浜辺に残された木切れの数は、生きて帰ることのできなかった雁の数をしめすという。浜人は木切れを拾って薪《たきぎ》とし、ひとつひとつ火にくべて帰らぬ雁たちを供養するのだ。

轟も桐原も、帰る場所を失った雁であった。

生きながら死んだも同然のふたりは、今宵、亥ノ正刻に刀を交える。

灯火親しむ秋になると、三左衛門は書見台にむかい、かならず友の便りを読みかえした。便りは廻国修行の雲路《くもじ》から届いたもので、虫除けのため銀杏の葉とともに古い書物に挟んである。数葉におよぶ便りのなかには、臼杵磨崖仏を水墨画で描いた一葉もあった。

耳を澄まして風の音を聞けば、誰であろうと友の消息が知りたくなる。

轟と桐原も幾度となく、おなじような心持ちを抱いたにちがいない。

「人生とは難しいもの、か」

三左衛門は銀杏の根元で暮れ六つの鐘を聞き、それから一刻半ものあいだ、じっと待ちつづけた。

やがて、闇を固めたような人影がひとつあらわれた。

亥ノ四つまでは半刻もあるというのに、轟十内がすがたをみせたのである。

石灯籠《いしどうろう》に浮かぶ顔色は蒼白く、歩みは牛なみに鈍い。

「やりたくはないのだな」

胸の裡《うち》では、桐原との邂逅を呪《のろ》っているのだ。

それならば、わずかな期待はできる。

無論、三左衛門は説得することばをもたない。ただ、相手にも待っている女のあることを伝え、授けたいものがひとつだけあった。

「轟どの、ようやく逢えたな」

「誰かとおもえば、貴殿か」

轟は眉宇《びう》に皺を寄せ、こちらに歩みよってきた。

今宵は二十三夜、月の出は遅い。

敢えて闇夜を選んだ理由は、斬るべき仇の顔をみたくなかったからか。

などと、あれこれ勘ぐったところで、いまさら詮無いはなしだ。

三左衛門は「これを」と言ってあるものを手渡し、戸惑う轟にむかって何事かを告げるや、反応も窺わずに踵をかえした。

斬りあいの結末を見定めようともせず、足早に境内をあとにしたのである。

三左衛門は寒風に吹かれながら、終わりなきかのような夜道を歩みつづけた。

延々と闇の隧道《ずいどう》をたどり、疲弊《ひへい》しながらも歩みつづけることで雑念を捨てさろうとおもった。そして、重い足取りで照降町へ戻ってきたころには、すでに亥ノ正刻をまわっていた。

長屋の一角に目を遣れば、乗るものもいない鞦韆《ぶらんこ》が風に揺れている。

轟は長屋の連中に馴染もうと考え、子供たちの遊び道具をつくった。

手作りの鞦韆は人気を呼び、おきぬは鼻高々で新しい父を自慢した。

せっかく結ばれた縁が、ぷっつり切れてしまうのは悲しい。

おせいはまたひとつ不幸を積みかさね、長屋の連中から中傷を浴びるのだ。

棟割長屋は闇に沈み、ひとびとはみな家に閉じこもっている。

子《ね》ノ刻まで、月は出ない。

——二十三夜の代待《だいま》ちや門の通りはまだ四つ。

浄瑠璃《じょうるり》にもあるように、深更《しんこう》、ひとびとは願人坊主《がんにんぼうず》を代待ちに頼んで願掛けをする。

おせいはすべての事情を知ったいま、何をどう願掛けすべきか迷っていることだろう。無論、轟に死んでほしくはない。と同時に、友を討ったことで傷ついてほしくもない。いずれにしろ、この照降長屋へ戻ってきてほしいと、それだけを望むしかなかった。

——おまえさん、なぜ、とめられなかったんだよ。

おまつに詰めよられても、三左衛門には返すことばがみつからない。

——武士とはそういうものだ。

と、言ってきかせても、糸屋の娘には理解できるはずもなかった。

三左衛門は戸口に佇み、長い時を過ごした。

露地裏をほっつき歩き、仕舞いには鞦韆を漕ぎつづけた。

子ノ刻、空に下弦《かげん》の月が昇った。

唐突に障子戸が開き、おまつが飛びだしてきた。

「あ、おまえさん……」

驚いてみせるおまつの背後には、綿入れを着たおせいが佇んでいる。

「……轟の旦那は、どうしなすったの」

「さあな」

「やっぱり、とめられなかったんだね」

「ああ」

三左衛門は、溜息を吐いた。

と、つかのま。

おせいの瞳が月影を映し、煌々《こうこう》とかがやきだした。

三左衛門の脇を擦りぬけ、木戸のほうへ必死に駈けてゆく。

「あっ、もどってきなさった」

おまつが、嬉々として叫んだ。

目を凝《こ》らせば、轟十内がゆっくり近づいてきた。

必死にしがみつくおせいを小脇に抱きかかえ、引きずるように大股で歩みよってくる。

「辻屋台で田楽を買ってきた」

轟はぶっきらぼうに吐きすて、田楽の包みをおまつに寄こす。

そして、三左衛門のほうにむきなおった。

「浅間どの、礼を言いたい。友を失うくらいなら、十日の菊でいるほうがよい」

……貴殿のことばが胸に響いた」

「さようか」

「それから、この差料をお返しせねばならぬ」

轟はおのれの物干し竿ではなく、三左衛門の大刀を鞘ごと腰から抜いた。

「かたじけない、かさねて礼を申す」

「なんの……して、首尾は」

三左衛門の問いかけに、おまつとおせいは息を呑む。

轟はにっと皓《しろ》い歯を剝き、四角い顎を撫であげた。

「積年の本懐《ほんかい》を遂《と》げ申した。ただし、貴殿の竹光でな」

「それは祝着《しゅうちゃく》」

桐原主水之介に戦意はなかった。

ゆえに、三左衛門は轟にも竹光を託したのだ。

ふたりは竹光で闘い、後腐れもなく別れたという。

「おまつどの」

「はい、なんでしょう、轟さま」

「包みのなかには、豆腐《とうふ》、蒟蒻《こんにゃく》、魚田《ぎょでん》、それに鴫焼きもござる。木綿豆腐は味噌を塗って焼き、酢味噌で食うのがよいそうです」

「存じておりますよ。さ、みなでお月見をしながら、美味《おい》しいものでも食べましょう。おせいさんは万事うまくゆくのを信じて、醤油《しょうゆ》おこわを炊《た》いて待っていたんですよ」

「醤油おこわか、それはいい」

「ふっ、ふははは……」

轟の吹っきれた面をみれば、腹の底から笑いが込みあげてくる。

「……おまつ、芋酒を仕度せい」

三左衛門は調子に乗って、荒武者のように吼《ほ》えあげた。

思案橋《しあんばし》の女

一

　思案橋に佇《たたず》む女がいた。

　まだ宵《よい》の口《くち》だが川風は冷たく、川縁《かわべり》を歩む人影もない。

　三左衛門は鯉《こい》でも釣ろうと、長屋裏の東堀留川《ひがしほりどめがわ》が日本橋川へと注ぐ河口まで足を延ばし糸を垂れた。

　そこには思案橋が架かっている。明暦《めいれき》の大火以前の思案橋は日本橋魚河岸から照降町へと渡る荒布橋《あらめばし》のことを言い、旧吉原へと渡る飄客《ひょうかく》がそこで行こうか戻ろうか、躊躇《ためら》う様子が思案橋の名になったのさと、誰かに聞いたことがある。

　橋のなかほどには、男ではなく、痩せた女がひとり佇んでいた。

黒衿《くろえり》を掛けたやたら縞《じま》の半纏《はんてん》を羽織り、欄干《らんかん》から身を乗りだすように暗い川面《かわも》を凝視《みつ》めている。

菰《こも》を携《たずさ》えていないところをみると、夜鷹《よたか》ではなさそうだ。

川には眉よりも細い月が浮かんでいた。

月の鋭利な刃は、女の咽喉《のど》もとにあてがわれた匕首《あいくち》のようでもある。

危ういなと感じ、三左衛門はわざと竿《さお》を振った。

——びゅん。

という音が静寂《しじま》を破り、水の月が波紋に壊れてゆく。

女は目覚めたように顔をあげ、こちらにじっと目を凝《こ》らす。

暗すぎて見えなかろうが、川の汀《みぎわ》に釣り人のいることだけはわかってくれたにちがいない。

「どなた、そこにおりなさるのは、どなたですか」

月影に照らされた女は、特徴のある艶やかな声音を発した。

三左衛門は生唾を呑み、応じる機会を逸してしまう。

女はしばらく佇んでいたが、やがて欄干から離れていった。

履物を拾って胸に抱え、跣《はだし》で芳町の暗闇へ消えてゆく。

やはり、川へ飛びこもうとしたのだろう。

下手をすれば、土左衛門《どざえもん》を釣りあげていたところだ。

「かなわんな」

三左衛門は釣り糸を手繰《たぐ》りよせ、やおら腰をあげた。

照降町の長屋へは帰りたくない。

おまつと些細《ささい》なことで喧嘩になり、釣り竿を担いで出てきたのだ。

土手へあがって思案橋を渡り、いかがわしい露地裏をくねくねと曲がった。

「ちょっと、おにいさん、遊んでおいきな」

嬌態《しな》をつくった厚化粧の男が、裏返った声で誘いかけてくる。

芳町は陰間の巣窟なのだ。

釣り竿で尻を叩いてやると、男は「ひぇっ」と悲鳴をあげた。

さきほどの女の影はない。

一抹《いちまつ》の虚しさを感じながら、三左衛門は柳橋の夕月楼へ足をむけた。

「これはこれは、ちょうどよいところへ見えられた」

楼主の金兵衛は相好《そうごう》をくずし、三左衛門を二階座敷へ招いた。

「これから、みなで河豚汁《ふぐじる》を食おうとおもっていたところですよ」

「河豚汁か」

「お嫌いなわけはないでしょ」

「まあな」

と強がってみせたものの、じつは食したことがない。

毒のある食い物ほど美味《うま》いということでいえば、河豚はその代表格である。ただ、元来は下賤《げせん》の食い物として武士は口にせず、値段も一尾十二文程度と安かった。ところが、昨今は走りで三百文の高値がつくほど、珍重されている。

「浅間さま、顔色が変わりましたな。ひょっとして当たるのが恐いとか」

「とんでもない。河豚毒に当たって死ねば本望さ」

「むふふ、さすがは元馬廻り役、肝《きも》が据わっていなさる」

いくら肝が据わっていようとも、河豚の肝に当たれば一巻の終わり、思案橋に佇む女の顔がちらりと過《よぎ》り、不吉な胸騒ぎを禁じ得ない。だが、金兵衛に情けないところをみせるわけにもいかず、ここは男らしく腹を決めた。

座敷へ踏みこむと、美味そうな味噌の匂いが漂《ただよ》ってくる。

「おや、これは浅間どの、久方ぶりですなあ」

上座でひょいと手をあげたのは、南町定廻りの八尾半四郎《やおはんしろう》であった。

六尺豊かな偉丈夫《いじょうふ》で、不浄役人のくせに半鐘泥棒《はんしょうどろぼう》と呼ばれている。

今年の正月、金兵衛が仲介の労をとり、夕月楼ではじめて出逢った。

不浄役人は好きではないが、投句の趣味がおなじで意気投合した。

半四郎の狂歌号は屁尾酢河岸《へおすかし》といい、号にするだけあってこの男の屁は臭い。

屁は臭いが、すがたはわるくない。鼻筋のとおった凛々《りり》しい風貌をもち、年齢も二十六と若い。三つ紋付きの黒羽織を纏《まと》って大路を歩めば、振りむく娘も大勢いる。が、色恋に関しては不器用な男で、おまつも気を利かせて縁談をもちかけてはみるのだが、いまのところ成就《じょうじゅ》する見込みは毛ほどもなかった。

「ん、夜釣りですか。浮かぬ顔から推すと、坊主のご様子」

半四郎は銚子《ちょうし》を取って、親しげに笑った。

獲物を狙う鷹《たか》のような双眸《そうぼう》が、いくぶん血走ってみえる。

明るい時分から呑みはじめ、かなりできあがっているのだ。

「さ、浅間どのも早く追いついてくだされ」

三左衛門に猪口《ちょこ》を持たせ、半四郎は酒を注いだ。

「ぐぐっと、駆けつけ三杯」

「では、遠慮なく」

酒鬼と呼ばれる三左衛門にとって、猪口で呷《あお》る酒など呑んだうちにはいらない。

半四郎は不敵に笑い、呑んだらすぐに銚子をかたむけてくる。

「これが今生の別れ酒になるかもしれません。味わって呑みましょう」

「はあ」

注ぎつ注がれつしていると、金兵衛が髪結いの仙三をしたがえて戻ってきた。

「さあ、今宵の主役を携えてまいりましたぞ」

仙三の抱える大笊《おおざる》に、一尾の河豚が載っている。

肥えた河豚はまるい目を剝《む》き、胸鰭《むなびれ》をばたつかせ、仕舞いには「ぶほっ」と汐《しお》まで吹いた。

「まだ生きておるではないか」

三左衛門が驚いてみせると、金兵衛はゆっくり膝をたたんだ。

「浅間さま、目のまえでさばいて進ぜましょう」

「さばく、いったい誰が」

「仙三ですよ」

「え、髪結いが包丁《ほうちょう》をもつのか」

仙三が横から割りこんできた。

「旦那、あっしは追いまわしの修行をやったことがあるんでさあ、信用して命をあずけておくんなさい」

「命をあずけろだと」

「へい」

半四郎が腹を抱えて嗤《わら》った。

「ふはは、金兵衛、おれは独り身だから死んでも悲しむものはいねえが、こちらの旦那はちがうぜ。おれはよ、おまつさんの泣き顔を見たかねえな」

「手前とて気持ちはおなじ。八尾さま、一句できましたぞ」

「聞こうか、一刻藻股千《いっこくもまたせん》どの」

「河豚を食い肝が冷えるは妻子持ち。いかがです」

「食いと悔いを掛けやがったな。よし、おれも一句。河豚汁を呑んで嬉しや地獄行き。どうだ」

「さすがは酢河岸の旦那。なればもう一句。肝を食い転げまわって地獄行き」

「ふへへ、金兵衛よ、太鼓腹《たいこばら》で転げまわる様子が目に浮かぶぜ」

ふざけあうふたりの横で、仙三はせっせと河豚をさばいている。

どことなくぎこちない仕種《しぐさ》が、三左衛門の不安を掻《か》きたてた。

「いかがです、横川釜飯《よこかわかまめし》どのも一句」

半四郎に振られ、三左衛門はぽろりと本音を漏らしてしまった。

「では一句。河豚よりも女釣りたや思案橋」

「なに」

三人の眼差しがあつまった。

「浅間さま、なんぞ色っぽいおはなしでも」

金兵衛がにんまりと微笑《ほほえ》み、膝を寄せてくる。

「いや、別に」

「お茶を濁すところが、ますますもって怪しい」

「聞いても詰まらぬぞ」

三左衛門は、思案橋で目にした女のことを喋った。

「なるほど、そいつはわけありの女にちげえねえ」

「やはり、八尾どのもそうおもわれるか」

「ふむ、霜月《しもつき》になると、やたら身投げ女が増えやがる。たいていは橋向こうの百《ひやっ》本杭《ぽんぐい》に流れつくんだが、思案橋となりゃはなしは別だ。屍骸《むくろ》は鎧の渡しから日本橋川をくだり、豊海橋《とよみばし》のさきから大川へ、佃島《つくだじま》の脇っちょを抜けて海へ流され、仕舞いにゃ魚の餌《えさ》になる」

「へへ、いまから、その魚を食おうってわけですね」

仙三はうっかり口を滑らせ、金兵衛にぎろっと睨《にら》まれた。

「辛気臭《しんきくさ》いはなしはやめにしましょ。さ、仙三」

「へい、合点で」

すでに、味噌仕立ての大鍋は煮立っている。

仙三は乱切り野菜ともども、河豚の切り身を大鍋にぶちこんだ。

二

河豚をたらふく食い、酒も五升ほど呑み、みなで死んだように眠って朝を迎えた。

雀《すずめ》の囀《さえず》りで目を醒ますと、半四郎も眸子《まなこ》を擦りながら起きあがってくる。

「どうやら、生きておる」

「八尾さんは運がお強い」

「そちらこそ」

「うわっ、ははは」

ふたりでひとしきり笑ったところへ、仙三が血相を変えて飛びこんできた。

「おう仙三、おぬしも生きておったか」

「旦那、冗談を言ってる場合じゃゃねえ」

「どうした」

「本所の百本杭に土左衛門が」

「あがったのか」

「へい、年増でさあ」

半四郎は大小の刀を腰に、朱房《しゅぶさ》の十手を博多帯《はかたおび》の背中に差すや、脱兎《だっと》のごとく駈けだす。

三左衛門もあとを追った。

金兵衛はひとあしさきに百本杭へむかったらしい。

「昨日の今日だ。思案橋の女かもしれねえ」

半四郎の科白《せりふ》にどきりとする。

三人は大橋《おおはし》を渡り、川沿いに北へむかった。

空も川も灰色に沈み、雨が落ちてきそうな雲行きだ。

百本杭は広大な御竹蔵《おたけぐら》を背にしている。

すでに野次馬どもがあつまっており、金兵衛の顔もみえた。

河原に敷かれた筵《むしろ》の側には、同心と岡っ引きのすがたもある。

「おら、どけどけ」

半四郎が巨体を圧《お》しだすと、人垣はさあっと左右に分かれた。

「ん、定廻りの八尾半四郎か」

偉そうに言いはなつ男は、荒木平太夫《あらきへいだゆう》という本所見廻り同心である。

同役だが半四郎より十五も年上なので、先輩風を吹かしている。

「どうも、ごくろうさまです」

「おう、ほとけをみるか」

「はい」

「そっちの連中は」

「夕月楼亭主の金兵衛と小者の仙三、それに浅間三左衛門どのです。浅間どのは、ほとけの顔を知っておるやもしれません」

「ふうん、なれば検分いたせ」

「は」

半四郎が筵を捲《めく》ると、三十路《みそじ》前後の女が仰向けに寝かされていた。粗末な木綿《もめん》の着物を纏い、白濁した眸子を瞠《みは》っている。

「荒木どの、きれいなほとけですなあ」

「そうよ、まず目玉があるってのがめずらしいぜ、魚の餌にもならずになあ。どうだ、みおぼえは」

三左衛門は水をむけられ、首をかしげた。

思案橋の女に似ているような気もするし、そうでないような気もする。ほとけをみればわかると高をくくっていたが、おおきなまちがいだった。

「八尾どの、申し訳ない」

「ひとの記憶なんて、そんなものですよ」

半四郎は十手を抜き、屍骸を丹念に調べはじめた。

腹は膨らんでおらず、溺死《できし》に特有の斑点も見受けられない。

そのかわり、腹部と内腿に黝《あおぐろ》い痣《あざ》のような痕跡《こんせき》がみとめられた。

「仙三、こいつは殺しだな。腹を撲《なぐ》って殺《や》りやがったんだ」

「惨《ひで》えことをしやがる」

半四郎は袖をたくしあげ、陰部にも手を突っこんで調べた。

荒木は顔を顰《しか》めたが、半四郎の検屍は徹底している。

さすがは玄人《くろうと》だなと、三左衛門は感心させられた。

「こいつは輪姦《まわ》されているぜ。殺られたのは明け方ちかくだ。殺ったあと川に捨てられたにちげえねえ……ん、荒木どの、それは何です」

「これか、重箱さ。把手《とって》のところに帯が絡まっておったのよ」

「ということは、女の持ち物ですか」

「きっとな」

「なるほど、そうか」

「八尾、そうかとは」

「たぶん、この女は提重《さげじゅう》ですよ」

「ふん、提重かい。そんなら自業自得だぜ」

荒木は十手で肩を叩きつつ、手下の岡っ引きに目配せした。

岡っ引きは固太りの四十男で、名を文治《ぶんじ》という。

文治はせせら笑い、肩を竦《すく》めてみせた。

提重とは、根津《ねづ》や湯島あたりを徘徊《はいかい》する私娼のことだ。

把手付きの重箱を提げ、寺院の宿坊や勤番侍《きんばんざむらい》の長屋を「お饅頭《まんじゅう》のご用は」

と尋ねてまわる。遊び代はひと切り百文と安い。坊主と勤番侍は女日照りと相場はきまっているので、いとも簡単に食いついてくる。

提重になるのは警動《けいどう》（手入れ）に遭って顎《あご》の干上がった岡場所の女たちが多く、芸者から零落《れいらく》したものや、生活《たつき》に行きづまった貧乏長屋の女房などもめずらしくないという。

半四郎は溜息を漏らす。

「木綿の着物に厚化粧、それに朱塗りの重箱とくりゃ、まず、まちげえねえ。こいつは提重だぜ。荒木どの、このやまは任してもらえませんか」

「ま、しょうがねえ。でもよ、こっちにも花あもたしてくれや」

「わかっておりますよ。下手人《げしゅにん》の目星がついたら、いの一番にお報《しら》せしますから」

「そうか、よし。ほんじゃ、ついでにほとけの後始末もたのまあ」

「え」

絶句する半四郎をのこし、荒木と文治は意気揚々《ようよう》と引きあげていった。

「けっ、鳶野郎《とんびやろう》め」

仙三は唾を吐いた。

鳶野郎とは、文治のことらしい。

「毎度のように美味《おい》しいとこだけ、かっさらっていきやがる」

仙三は捨て科白をのこし、早桶《はやおけ》の調達に走った。

半四郎はなおも手懸かりはないかと、屍骸をしらべている。

「あれだけ熱心なお方も、不浄役人にはめずらしい」

金兵衛は、しきりに感心してみせる。

三左衛門は、野次馬のなかに妙な気配を感じとっていた。

何者かが、殺気を放っているのだ。

首を捻って見渡すと、背をむけた若侍がひとりいた。

牛蒡《ごぼう》のように細長い月代侍《さかやきざむらい》で、浅黄裏《あさぎうら》の着物を纏っている。

「勤番侍か」

三左衛門の科白に、半四郎が反応した。

「浅間どの、いかがなされた」

「なにやら、怪しげな男が」

「追ってください」

「え、わしが」

「たのみます。金兵衛は肥えすぎ、わたしはここを離れられない。所在をつきとめるだけで結構です」

「承知」

三左衛門は人垣を掻きわけ、遠ざかる若侍の背中を追いかけた。

三

勤番侍とおぼしき男は大橋を渡り、神田川沿いの柳原通《やなぎわらどお》りを八ツ小路へむかった。

八ツ小路を突っきって昌平橋を渡り、神田明神を左手にみながら北へすすむ。

さらに、湯島天神の坂下から不忍池《しのばずのいけ》の西へまわりこみ、池之端七軒町《いけのはたしちけんちょう》の岡場所を抜けて、なだらかな坂道をのぼりはじめた。

このまま北へむかうと、宮永町《みやながちょう》、門前町《もんぜんちょう》を経て根津権現《ごんげん》にいたる。

八尾半四郎によれば、提重とは根津界隈を徘徊する私娼なのだという。

「ますます怪しいな」

疑いを深めつつ、なおも追いつづけると、若侍は小高い丘に建つ大名屋敷のなかへ消えていった。やはり、江戸常勤の用人なのだ。

「松平飛騨守《まつだいらひだのかみ》の中屋敷か」

加賀大聖寺藩《かがだいしようじはん》（藩祖は加賀三代藩主前田利常《まえだとしつね》の三男利治《としはる》）十万石、大藩だけあって豪壮な棟門《むなもん》は対峙《たいじ》するものを萎縮《いしゆく》させる。大聖寺藩といえば、かつて三左衛門が禄を喰《は》んだ七日市藩（藩祖は前田利家の五男利孝《としたか》）とも無縁ではない。

奇縁を感じながら踵《きびす》をかえし、今来た坂道を下りはじめる。

午刻《ひるどき》の手前だというのに、丘から見下ろす町屋は夕暮れのように薄暗い。

三左衛門は神田川沿いに柳橋までもどり、夕月楼の金兵衛に半四郎への言伝《ことづて》を託した。

「朝帰りならぬ、午帰りだな」

おまつのあたまには、角が生えていることだろう。

無論、河豚を食ったことは口が裂けても言えない。

河豚を食っちまうだなんて、あたしらをだいじにおもっていない証拠だよ。

そんな調子で詰《なじ》られ、また釣り竿一本担いで家を飛びだす羽目《はめ》になる。

「かなわんな」

重い足を引きずり照降町へ帰りつくころ、昏《くら》い空から冷たい雨が落ちてきた。

ふと、どこからともなく、物売りの声が聞こえてくる。

艶のある物憂《ものう》げな女の声で「ふくらあい、ふくらあい」と繰りかえしている。

福来といえば二股大根、女の商売は野菜の振売《ふりう》りにまちがいない。

どこかで耳にした声だ。

「あっ、思案橋の女」

と察し、三左衛門は胸を高鳴らせた。

やはり、百本杭の土左衛門は別人なのだ。女が生きていたとわかっただけで、救われた気分になる。せっかく入水《じゅすい》をおもいとどまらせた女だけに、簡単に死んでほしくはない。

「ふくらあい、ふくらあい」

次第に遠ざかる声を追いかけ、三左衛門は駈けだした。

もしかしたら、女の声に惚《ほ》れてしまったのかもしれぬ。

面立ちは忘れたが、艶めいた声色だけは耳がはっきり憶えていた。

「ひと目惚れならぬ、ひと聞き惚れというやつかな」

雨脚が激しくなり、福来の呼び声は掻きけされた。

三左衛門はずぶ濡れになり、露地裏を必死に駈けまわった。

どこをどうさがしても、女はいない。雨音がすべてを呑みこんでいた。

朽ち葉のような髪を振りみだし、三左衛門は住みなれた九尺店《くしゃくだな》へもどってきた。

戸を開けて土間に飛びこんだ途端、美味そうな味噌汁の匂いが漾ってくる。

おまつとおすずは木椀と箸を手にしたまま、澄まし顔で迎えいれた。

「おや、おすず、濡れねずみの大黒さんがおもどりだよ」

三左衛門は着物を脱ぎ、褌《ふんどし》一丁になった。

「ひゃあ、まいった、まいった」

わざとらしく声をひっくりかえし、着物を雑巾《ぞうきん》絞りに絞って土間を水浸しにする。

「困ったおっちゃんだねえ」

おすずは大人びた科白を吐き、膳にことりと椀を置いた。

やれやれといった調子で立ち、乾いた手拭いを携えてくる。

「風邪をひくよ」

などと言いながら、濡れた背中を甲斐甲斐《かいがい》しく拭いてくれた。

「すまぬな」

あたまを撫でてやると、おすずは小首をかしげながら戻ってゆく。

おまつは黙々と味噌汁を呑みつづけ、こちらをみようともしない。謝る機会を失ったまま、三左衛門はどてらを羽織った。

「おまつよ」

「なんですか」

「さっきの大黒さんってのは、どういう意味だ」

「別に、濡れねずみのねずみに掛けただけですよ。ご存知でしょ、霜月は初子《はつね》の子ノ刻に大黒さんを奉《たてまつ》り、商売繁盛をねがう」

「ねずみまつりか」

子祭《ねまつ》りには子燈心《ねとうしん》を灯して厄払《やくばら》いもおこない、商売繁盛とともに家内安全を祈願する。

「大黒さんといえば根津の権現さん。こんどの子の日にお詣りにいったときは熊《くま》手《で》を買ってこなくちゃね、おすず」

「うん」

根津権現は第六代将軍家宣《いえのぶ》の産土神《うぶすながみ》だが、根津にねずみと掛けて大黒天を祀《まつ》っている。まさか、おまつの口から根津の地名が漏れるとはおもわなかったので、三左衛門はどきりとした。

驚かされたのは、それだけではない。

「縁起物といえば、ほら」

おまつが目を遣った神棚の隅に、二股大根が飾ってあった。

福来と称する二股大根は、子祭りに欠かせない縁起物なのだ。

「ど、どうしたのだ、それを」

「さっき買ったんですよ」

「誰から」

「振売りにきまっているじゃありませんか、おかしなひとだねえ」

「女か」

「え」

「振売りは女なのか」

「ええ、住吉町《すみよしちょう》のおろくさんだけど、それがどうかしたの」

「別に」

「なんだろうねえ。今朝は百本杭に女の土左衛門があがったっていうし、おまえさんは昼間に帰ってきたとおもったら妙なことを口走るし」

「土左衛門のことを誰に聞いた」

「おろくさんですよ。なんだか深刻そうな顔でしたねえ、無理もないんだけど」

「無理もないとは」

「不治の病に罹《かか》った弟がひとりあるんだよ」

数年前にふたおやを亡くしてから、おろくは親代わりで所帯さえもてず、寝たきりの弟の面倒をみなければならなくなった。

「弟さんには高価な生薬《きぐすり》が必要なのさ。薬を買うためには振売りだけじゃ賄《まかな》えない。それで仕方なく」

「仕方なく」

「提重に身を落としたって噂があるんですよ」

「なんだと」

三左衛門は唸った。

提重の女が土左衛門で浮かんだという噂を聞きつけ、おろくは他人事《ひとごと》とはおもえなかったにちがいない。

「ちょっとおまえさん」

おまつは上目遣いで、さぐるように凝視めてくる。

「鬱《ふさ》ぎこんじまって。いったい、どうしなすったんだい」

「そうみえるか」

「ええ……とりあえず、味噌汁でも呑みますか」

「たのむ」

おまつは、鍋から湯気の立った味噌汁をよそってくれた。

「蜆汁《しじみじる》か」

「どうせ宿酔《ふつかよ》いなんでしょ」

「まあな」

木椀に口をつけ、ずずっとひとくち呑む。

温かい蜆汁が、冷えた臓腑《ぞうふ》に沁《し》みこんでいった。

四

——ふくらあい、ふくらあい。

おろくの美声が、耳にこびりついてはなれない。

振売りの声が聞かれなくなって、すでに三日経った。

照降町の住人でそれを気に懸けているのは、三左衛門くらいのものだ。

八尾半四郎からは、なんの音沙汰《おとさた》もない。

いったい、提重殺しの一件はどうなってしまったのか。

なにひとつ証拠はないが、大聖寺藩の勤番侍はいかにも怪しかった。

哀れな私娼を数人で嬲《なぶ》り殺しにしたのち、一抹の後悔があったために、ほとけの顔を拝みにやってきたのではないか。どうせ、そんなところだろう。

もし、おろくが朱塗りの重箱を提げて根津界隈に出没しているとすれば、いつ、悪党どもの餌食《えじき》にされるともかぎらない。いまのところ、新たな土左衛門が浮かんだという噂は聞かないものの、どうにも気懸かりで夢見がわるかった。

数日ぶりに、からりと晴れた。冬日和である。

暦《こよみ》は大雪《たいせつ》、樹木草花は黄落《こうらく》し、山野は枯れ急いでいる。これから冬至《とうじ》を迎えるころには初雪が降り、寒さも一段と厳しくなる。厳しい冬を目前に控え、つかのまの温もりが訪れたかのようだ。

三左衛門は昼餉《ひるげ》を済ませ、日本橋南詰の青物市場《やっちゃば》へ足をむけた。

もしかしたら、おろくの声が聞けるかもしれぬと、淡い期待を抱いたのだ。

が、やはり、午過ぎの青物市場に、おろくがいるはずもない。

野菜の振売りは菜籠を担ぎ、夜明けとともに市場へやってくる。蕪《かぶ》、大根、蓮《れん》根《こん》、芋《いも》などを五百文程度で仕入れ、足を棒にしながら日没まで辻々を売り歩くのだ。

三左衛門はあきらめきれず、住吉町へむかうことにした。

堀江町へ舞いもどって親父橋《おやじばし》を渡り、日中は死んだように静まりかえった芳町の陰間横丁を東へすすむ。大路を横切って住吉町の路地裏へ踏みこむと、おまつに聞いた棟割長屋はあった。

寝たきりの弟は名を幸吉《こうきち》といい、年は姉と八つちがいの十九という。

いったいぜんたい、おろくさんが何だっていうのさと、おまつはしきりに不審がってみせたが、思案橋での出来事は内緒にしておいた。

なぜ、おろくという女にこだわるのか、自分でもきちんと説明できない。

そもそも、相手はこちらを知らないのだ。

ただ、入水までしかねない女の危うさを、三左衛門は見過ごすことができなかった。

姉弟の住む九尺二間《くしゃくにけん》の部屋は、棟割長屋の片隅にあった。

一抹の躊躇を振りはらい、腰高障子を引きあける。

「ごめん、邪魔するぞ」

突如、饐《す》えた臭いに鼻をつかれた。

煎餅蒲団《せんべいぶとん》のうえで、幸吉が芋虫《いもむし》のようにもぞもぞ動きだす。

「ど、どなたさまで」

陽も射さない薄暗がりから、掠《かす》れた声が問いかけてきた。

「怪しいものではない。おろくどのはいつ戻られる」

「姉さんは、一昨日《おとつい》の暮れ六つに出ていったきり……か、帰ってきません」

「まことか」

「は、はい、いつものように……ね、根津へ行くと出ていったきり」

「根津へ」

「ま、饅頭を……う、売りにゆくのです」

「饅頭を」

「姉さんの売る饅頭は……た、たいそう評判のようで」

幸吉は不憫《ふびん》にも、饅頭の意味をわかっていない。

「でも……い、いったい、どうしてしまったのやら。姉さんは……け、今朝になっても帰ってこない……う、うう」

幸吉は嗚咽《おえつ》を漏らし、仕舞いには激しく咳きこんだ。

三左衛門は雪駄《せった》も脱がずにあがりこみ、煎餅蒲団の側へ歩みよる。

枕許に置かれた尿筒《しとづつ》には、黄色い小便が溜まっていた。床や壁は湿って黴臭《かびくさ》く、痩せほそった幸吉のからだにも黴が生えてしまったかのようだ。

「おぬし、なにも食べておらぬのか」

「よいのです……こ、このまま死ねば、姉さんに迷惑をかけずに済む」

「阿呆《あほ》」

三左衛門は有無を言わさず、煎餅蒲団ごと幸吉を抱きあげた。

あまりにも軽すぎ、胸が締めつけられる。

「はなせ……は、はなしてくれ」

「だめだ、おぬしが死ねば、姉さんは悲しむぞ」

あの夜、おろくは思案橋のうえで履物を脱ぎ、跣になった。欄干から凍《い》てついた川面を見下ろし、あきらかに飛びこもうとしていたのだ。

が、幸吉をのこして死ぬことができただろうか。

余計なことをせずとも、おろくはきっと踏みとどまっていたにちがいない。

弱りきった幸吉を抱きかかえ、三左衛門は午後の往来を照降町までとってかえした。

長屋の嬶《かか》ぁどもは奇異な目をむけたが、おまつだけは迷惑な素振りひとつみせなかった。おすずに命じて町医者を呼びに走らせ、幸吉を蒲団に寝かせると、事情も聞かずに黙々と粥《かゆ》をつくりはじめた。

「おまつ、すまぬな」

「謝ることなんてない。よっぽどの事情があったんでしょ」

「まあな」

「正直に喋っちまいなよ、水臭いじゃないか」

三左衛門が思案橋の一件を告白すると、おまつは途端に眦《まなじり》を吊りあげた。

「声に惚れただなんて。ふん、四十面さげてよくも言えたもんだね」

「誤解せんでくれ。声には惚れたが、おろくに惚れたわけではない」

「どこがどうちがうんだろうねえ。でも、まあ仕方ないさ。弟さんの面倒はあたしがみるから、はやいとこ、おろくさんの行方をおさがしよ」

「よいのか」

「いいもわるいもない、人の命に関わることじゃないか」

「ならば、行ってくる」

「行ってくるって、どこへ」

「とりあえず、根津だな」

「闇雲《やみくも》にさがしてもみつからないよ。夕月楼の旦那を訪ねてみるんだね。いましがた、仙三さんも使いにみえたことだし」

「仙三が。それを早く言え」

「おやおや、河豚汁を食った唐変木《とうへんぼく》が強気に出たよ」

「げっ、仙三が喋ったのか」

「髪結いが包丁さばきを自慢したのさ。よりによって河豚汁を食うとはね、おまえさんはとんだ死にぞこないだよ」

「無理矢理誘われてな、断りきれなかったのだ」

「言い訳なんぞ聞きたくない。死んだ気になって、おろくさんをみつけだすんだね」

「恩に着るぞ、おまつ」

この代償は高いよとでも言いたげに、おまつはにっこり微笑《ほほえ》んだ。

鉄漿《かね》を剃いた般若顔《はんにゃがお》も恐いが、意味ありげに微笑む顔はなお恐い。

三左衛門はきゅっと襟を寄せ、狭苦しい庇間《ひあわい》を駈けぬけた。

五

夕月楼には三方を廊下に囲まれた中庭がある。

すでに紅葉《もみじ》は散り、枯山水《かれさんすい》のごとき風情の中庭を眺めつつ、楼主の金兵衛は茶を楽しんでいた。福々しい白髪の老爺がひとり客に招かれ、世間話に花を咲かせている。

「浅間さま、よいところへまいられた。こちらは網代屋《あじろや》のご隠居さまです。ちょうど、河豚汁のはなしをしていたところですよ、ふふふ」

紹介された老人は丁寧にあたまをさげ、品の良い笑みを泛《うか》べてみせる。

金兵衛に提重殺しの一件を糺《ただ》したかったが、三左衛門はぐっと怺《こら》えた。

網代屋与右衛門《よえもん》といえば、魚河岸でも三本の指にはいる干鰯問屋《ほしかどんや》の三代目である。三囲稲荷《みめぐりいなり》の社務所裏で催される歌詠《うたよ》みの連《れん》なども主催《しゅさい》し、柳橋の茶屋では金筋《きんすじ》の上客にほかならない。それが、いまは息子に身代を譲り、悠々自適《ゆうゆうじてき》の隠居暮らしをしているという。

「ほほう、こちらが上州屋さんの……いや、おまつさんの旦那さまで。かねてより、お目もじ申しあげたいとおもっていましたよ」

与右衛門は、おまつを知っていた。

「そりゃあもう、産湯《うぶゆ》に浸かっていたころから存じあげております。なにせ、上州屋のご主人とは懇意《こんい》にさせてもらっておりましたから」

上州屋とは、おまつの実家の糸屋である。潰れて四年ちかくになるが、亡くなった父親の富蔵は顔がひろかったので、おまつを「上州屋さん」と屋号で呼ぶ老人はいまでも多い。

「富蔵さんの人徳でしょうな。極楽へ逝《い》かれても、折に触れてはみなに懐かしがられる。呉服町の大店《おおだな》は消えてしまったが、しっかり者の娘さんは細腕一本でがんばっておられると聞きましてねえ、いちど励ましに伺おうとおもっていたところですよ。なんでも、十分一屋《じゆうぶいちや》を営んでおられるとか」

「はあ」

焦《じ》れる気持ちを抑え、三左衛門は相槌《あいづち》を打つ。

「恥ずかしながら、拙者は食わせてもらっておるようなもので」

「それは詮無いこと。名のあるお侍でも、ひとたび浪々の身になってしまえば、仕官の道は閉ざされたも同然。世知辛《せちがら》い世の中です」

「まことに」

「失礼ながら、浅間さまはお人柄がおおらかなご様子。金兵衛さんが懇意になさっておられるお方だから、まちがいあるまい。家というものは、貧乏でも温もりさえあればよいのです。いいや、かえって人というものは、贅沢《ぜいたく》を知らぬほうが幸せかもしれぬ」

与右衛門は寂しそうに漏らし、茶をずりっと啜《すす》った。

妻に先立たれた老爺が、子供夫婦との同居生活で肩身の狭いおもいをしている。そういったはなしはよく聞くが、与右衛門もその口なのであろうか。

などと、憶測している暇はない。

三左衛門はついに我慢できなくなり、振売りのおろくが行方不明になったことを金兵衛に告げた。

「存じております。浅間さま、じつはその件で仙三を使いにやったのですよ」

「ん、どういうことだ」

三左衛門の情報をもとに、八尾半四郎は松平飛驒守の中屋敷を探索しはじめた。仙三を渡り中間に仕立て、用人部屋の周辺に探りを入れさせたのだ。

大名に仕える陪臣《ばいしん》の罪は各藩の裁きに任されるものの、陪臣が墨引内《すみびきない》（町奉行所の管轄内）で起こした犯罪は、あくまでも町奉行所の扱いとなる。半四郎のやり方にまちがいはない。

ところが、とんだ邪魔がはいった。

「浅間さま、百本杭に偉そうな同心がおったでしょう。それと、固太りの岡っ引きは憶えておいでですか」

「ふむ、たしか同心は本所見廻り役で荒木某、岡っ引きは文治であったかな」

「はい、そいつらが手柄欲しさに、横槍を入れてきたのですよ」

文治は鼻を利かせ、半四郎の狙いが飛騨守の中屋敷にあることを嗅ぎつけた。嗅ぎつけるや荒木と相談し、捕方の隠語で「玉入れ」と呼ばれる策を講じるべく、にわかに動きはじめた。

玉入れとは、囮《おとり》をつかって下手人を誘《おび》きだす裏技のことだ。

囮の役割を課されるのは、提重である。

囮は命の危険を伴うので、みずから望む者などいない。

ゆえに、文治は提重が御法度《ごはっと》であることを逆手にとり、女の弱味を握ったうえで囮を強要するという卑怯な手段に出た。ただし、提重ならば誰でも良いというわけではなく、度胸があって機転の利く女でなければならなかった。

そんなわけで、ひとりの女が本所の鞘番所《さやばんしょ》にしょっ引かれたのだと、金兵衛はこぼす。

「まさか」

「そのまさかです。女はおろく、住吉町の裏長屋で寝たきりの弟と暮らす振売りだ」

おろくは弟に内緒で春をひさぎ、寝る間も惜しんで薬代を稼いでいた。一昨日の灯ともしごろ、根津界隈で客をさがしていたところ、文治の網にまんまと引っかかったのだ。

――お饅頭はいかが、お饅頭を買《こ》うてくだされ。

文治も、おろくの美声に惹《ひ》かれたのであろうか。

きっと、そうにちがいない。

「おろくはいま、文治のもとに軟禁されております。仙三によれば、今夜にでも玉入れの玉にさせられる段取りとか」

「八尾さんはどうした、黙って見過ごすのか」

三左衛門がめずらしくも怒ってみせると、金兵衛は鬢《びん》を掻いた。

「そのあたりが難しいところです。八尾さまは一本気なお方だから、姑息《こそく》な手管《てくだ》はお好きでない。ところが、平常は糞《くそ》の役にも立たぬ荒木平太夫のやつが、こんどばかりは肩を怒らせ、いっさいの口出し無用と捻《ね》じこんできやがった。ここが手柄のあげどころと踏んだのでしょう」

「理不尽《りふじん》な言い分ではないか。土左衛門が流れついたのは百本杭だが、たぶん、殺しの現場は大川のこっちだぞ」

「されど、ほとけを検分したのは荒木たちが最初、本所の縄張りだと言いはられたら、八尾さまは黙るしかない」

もっとも、荒木だけなら半四郎にもまだ対処のしようがあったものの、本所見廻り役の与力までがしゃしゃりでてきたという。

「下手に動けば役目を解く、とまで脅しを掛けられた日にゃ、さすがの八尾さまも忍の一字で耐えるしかない。表立って動くこともできず、浅間さまにご相談をとまあ、こうなった次第で」

「歯痒《はがゆ》いはなしだな」

「さいわい、仙三は中屋敷に潜りこませてありますので、何かのお役には立ちましょう。夕刻申《さる》ノ七つ（午後四時）ごろ、不忍池の出合茶屋《であいぢゃや》へ連絡《つなぎ》にやってくる手筈です」

「相《あい》わかった。仙三と逢って策を練ることにしよう」

「さようですか、助かります」

金兵衛は、ほっと肩の力を抜いた。

それにしても、妙な雲行きになってきた。思案橋の女とここまで深く関わろうとは、なにやら因縁《いんねん》めいているとしかおもえない。

「金兵衛さん、これも因縁じゃの」

まるで、三左衛門の心情を読んだかのように、隠居の与右衛門が吐きすてた。

金兵衛のはなしに耳をかたむけ、置物のようにじっと座りつづけていたのだ。

「ご隠居、因縁とはどういう」

「もう十五年もむかしのことじゃ。深川の門前仲町《もんぜんなかちょう》や表櫓《おもてやぐら》の茶屋に入りびたっていた時期がございましてな。とある寒い晩、そう、あれは初雪の降った晩なので、いまだによく憶えておるのじゃが」

艶のある流しの新内《しんない》が聞こえてくるので、使いを出して座敷へ呼んだところ、なんと唄っていたのは十二の娘であった。与右衛門は年甲斐《としがい》もなく、その娘に懸《け》想《そう》してしまったのだという。

「あ、いや、娘ではなしに、娘の声に惚れたのですよ。それで、二度三度と座敷に呼んでいるうちに、数年経って娘は白芸者《しらげいしゃ》になりました。ええ、身を売るのではなしに、自慢の咽喉《のど》を聞かせるだけの妓《こ》です。けっして卜一《といち》（美人）ではないが、ぽっちゃりした愛嬌のある娘だった。権兵衛名《ごんべえな》を、六太郎《ろくたろう》と名乗ってねえ」

「六太郎」

と、三左衛門が繰りかえす。

「さよう、六太郎とはおろくのことです。五年前にふたおやを亡くし、寝たきりの弟のめんどうをみなければならぬからと、お白をやめちまった。そのあと、どうしちまったものやらと気に懸けてはおりましたが、聞けばとんだ目に遭っているらしい。よぼの爺めにできることなぞかぎられておりますが、いかがでしょうな、浅間さま」

「は」

「幸吉という弟のめんどうを、手前にみさせてはもらえまいか。ほほ、もちろん、隠居爺がみるわけではございません。網代屋の離室《はなれ》に寝てもらい、賄《まかな》いの婆さまにめんどうをみさせますので」

「かたじけない。そうしていただければ、おまつも助かる」

「なんの、年寄りの冷や水ですよ。さんざ道楽をかさねてきた暇人が、死ぬまでに何かひとつ、世間さまのお役に立ちたいとねがうまで。それにつけても、おろくは哀れなおなごじゃ。提重に身を落とすとはのお」

瓢簞《ひょうたん》から駒とはこのことだが、なにはともあれ、おろくの窮状を救わねばならない。

三左衛門は金兵衛に後顧《こうこ》を託《たく》し、不忍池の出合茶屋へむかうことにした。

六

申ノ七つを過ぎ、空に低い雲が垂れこめはじめた。

――不忍の茶屋で忍んだことをする。

川柳にも詠まれるとおり、不忍池周辺の出合茶屋は若い男女の密会場所だ。

こんなところで仙三と逢いびきしたくはないなと、おもっているところへ、頰《ほっ》被《かぶ》りの八尾半四郎が仙三をともなってあらわれた。

居ても立ってもいられず、秘かに持ち場から抜けだしてきたのだ。

「くそっ、小者をまくのに苦労したぜ。荒木平太夫のやつ、このおれに見張りまで付けやがった」

半四郎は言い訳がましく捲《まく》したて、頰被りを取るや、自慢の小銀杏《こいちょう》をすっと撫でつけた。

「浅間どの、足労をかけてすみません」

　巨体を折りまげ、ぺこりとお辞儀をする。

「宮仕えはたいへんですな」

　三左衛門は憮然とした顔で皮肉を吐いてやった。

「ともかく、様子を聞かせてください」

「ほいきた」

　半四郎に促され、渡り中間に化けた仙三が口をひらいた。

「中屋敷の中間部屋では夜な夜な丁半博打《ばくち》がおこなわれておりやす。そいつはなにも、松平飛驒守さまの御屋敷にかぎったことじゃねえ。江戸じゅうの中屋敷や下屋敷が鉄火場《てっかば》みてえなもんですから」

　用人たちは見て見ぬふり、なかには渡り中間ともども、博打に耽《ふけ》る輩《やから》もすくなくない。大名屋敷の台所はどこも火の車なので、家人は博打のあがりから場所代を徴収する。この金がけっこう莫迦《ばか》にならず、暗黙の了解で悪事を赦《ゆる》しているという。

「博打には酒がつきもの、酔えば女を抱きたくなる。だもんだから、提重なんぞの手合いも重宝がられるわけでして。へへ、そうはいっても、さすがに御屋敷のなかで淫らなまねはできねえ。そこで、用人どもはひとりふたりと抜けだし、とある場所へ足をはこぶ」

「どこへ」

「へい、根津宮永町の端っこに溝店《どぶだな》がごぜえやす。露地裏にならぶのは腐ったような切見世《きりみせ》だが、貸し主はちゃんといやがる。伝助《でんすけ》って阿漕《あこぎ》な野郎で、こいつが提重たちに空き部屋を貸し、床花の一部を掠めとっておりやす」

「用人たちもどうせなら、岡場所へ行けばよかろうに」

「そりゃそうなんですがね」

根津の岡場所は、大工とか左官といった出職《でしょく》の客がほとんどを占める。払いのわるい侍は遊女たちに嫌われるので、侍たちも滅多に足をむけないと、仙三は説いた。

女日照りの勤番侍どもが提重を買い、宮永町の溝店へしけこむのはわかった。

だが、殺しとの関わりは浮かんでこない。

「そこです。敵もなかなか尻尾《しっぽ》を出さぬ」

と、半四郎が溜息を吐く。

三左衛門が尾《つ》けた若侍は、名を勝俣次郎兵衛《かつまたじろべえ》といった。

勝俣と連《つる》んでいる用人はふたりおり、鈴木《すずき》某、村井《むらい》某といい、三人とも二十歳《はたち》そこそこで番方を務め、下谷にある中西《なかにし》派《は》一刀流《いっとうりゅう》の道場に通う手練《てだ》れでもある。

「三人は博打もやらねえし、居酒屋に入りびたるってわけでもねえ。どっちかっていやあ地味な連中ですがね、いっちょうめえに提重だけは買いやがる。しかも、三人で女ひとりを買うんでさ」

「三人で」

「へい、買われたことのある女に聞いてみたんですがね、どうやら、ふたりぶんの金で三人やらせろってことらしいんで。女にしてみりゃ一銭でも余計に金が欲しい。ほんのすこし恐いのを我慢すりゃ済むってわけです」

「ますますもって怪しい連中だな」

「じつは荒木と文治も、その三人組に狙いをつけておりやす」

「玉入れの相手は、そいつらか」

「へい、仕掛けは亥《い》ノ刻（午後十時）をまわったあたり」

仙三の説明を、半四郎が引きついだ。

「例の土左衛門、身許が割れましてね。神田須田町《すだちょう》に住む出職の女房で名はおしの、旦那は呑んだくれの半端者で三人の幼子《おさなご》がある。子供たちを食わせるために、おしのは身を売って稼いでいた。文治のやつは、おしのと容姿の似た女をさがしたのです。たまさか、そいつがおろくだった」

勝俣以下の三人組が下手人ならば、おしのと同様の手口で凶行におよぶ公算は大きい。

そこに、荒木と文治は賭けているのだと、半四郎は説明する。

三左衛門は眸子を剝いた。

「手柄をあげるためなら、おろくは死んでも構わぬということか」

もっと言えば、最初から殺させるつもりで送りこむということではないか。

「仰《おつしや》るとおり。そうでなきゃ、玉入れの玉の役目は果たせねえ」

と、半四郎は苦虫を嚙みつぶすように吐く。

「くそっ、赦せん」

どんな危険が待ちうけていようとも、提重のおろくに拒むことはできない。

命令に背けば縄を打たれ、小伝馬町《こでんまちよう》の女牢に抛《ほう》りこまれるのだ。

「今宵の役目が終われば、家に帰してやるとでも囁《ささや》かれておるのでしょう。おろくには寝たきりの弟がいる。一刻も早く帰りたい一心で、狼《おおかみ》どもに饅頭を売りにゆくのです」

「八尾さん、そこまでわかっていながら、なぜ、やめさせようとせぬ」

「今宵、大勢の捕方どもが宮永町の溝店周辺に網を張る。おれは面が割れているんでね、溝店にゃ一歩も近づけねえ」

半四郎にしては、ずいぶん投げやりな物言いだ。

同心が捕り物から除かれるのも妙なはなしだが、手柄を競う連中にとってはあたりまえのことらしい。

「でもねえ、浅間さん。おれはやっぱし指を銜《くわ》えて見ていられねえ性分だ。あんたの読みどおり、おしのを殺ったのはあの三人組さ。おれの勘はいちどだって外れたことがねえんだ。この際、殺った理由なんざ、どうだっていい。やつらをふんじばり、拷問蔵《ごうもんぐら》で吐かせりゃいいだけのはなしさ。要は、おろくをどうやって助け、ついでに荒木と文治の鼻をどうやって明かしてやるか、そいつを考えなきゃならねえ」

「何か良い策があるとでも」

「ええ、大芝居を打つことにしましたよ」

半四郎は面を紅潮させ、ぱんぱんと手を打つ。

「おい、へえってくれ」

呼びかけに応じ、人相のわるい痩せぎすの四十男が戸口にあらわれた。

油断なく目玉をぎょろつかせ、三左衛門を値踏みするように睨《ね》めつける。

修羅場《しゅらば》をくぐってきた男のようだ。

「そいつは死神の甚六《じんろく》、根津の岡場所を仕切る地廻りの元締めですよ」

と、半四郎が薄く笑う。

「浅間さん、奉行所の手下を動かせねえ以上、地廻りの助けを仰ぐしかねえんだ」

「つまり」

むこう一年は岡場所の警動をやらぬという条件で、半四郎は仇敵《きゅうてき》であるはずの甚六と手を組むことにした。

「十手持ちのやることじゃねえが、背に腹はかえられねえってこともある」

「さすがは八尾半四郎。よし、段取りを聞こうか」

「ふむ、ともかく、おれは表立った動きができねえ。浅間さん、あんたがたよりだ」

死神の異名をとる甚六は消え、仙三も自分の役どころを演じるために去った。

三左衛門と半四郎は宵の口まで段取りを打ちあわせ、別々に出合茶屋をあとにした。

七

亥ノ刻を過ぎ、裏木戸の閉まる音が聞こえた。

三左衛門は暗がりから離れ、目当ての溝店へゆっくり近づいてゆく。

大小はなく、丸腰だった。

露地の片側は黒板塀に遮《さえぎ》られ、地面は板敷きになっている。板のしたには小便も糞も垂れながしの溝川が淀んでおり、不衛生このうえない。棟割長屋の各部屋は間口四尺五寸と狭く、無双窓《むそうまど》から内側を覗けば土間と二畳の部屋があるだけだ。

ここは根津の宮永町でも安価な河豚女郎が巣くう吹きだまり、冷たい夜風とともに溝川の悪臭が漾ってくる。河豚女郎とは当たれば死ぬところから名づけられた呼び方、宮永町の溝店には岡場所で稼げなくなった瘡気《かさけ》（性病）のある女ばかりがあつまっている。

抱え主すらいないのか、露地には客引きに出てくる女のすがたも見当たらない。軒行燈《のきあんどん》ひとつ吊るされておらず、あたりは死んだように静まりかえっていた。

これなら、女のひとりやふたり死んでも気に留めるものもおるまい。おしのという哀れな女は、ここにある空き部屋のひとつで殺されたのかもしれないと、三左衛門はおもった。

阿漕な貸し主の伝助を叩けば、ぽろっと何か出てくるかもしれぬ。

だが、まどろっこしいことはしていられねえと、半四郎も言っていた。

小男の伝助は空き部屋のまえで寒さに震えながら、提重たちが連れてくる浅黄裏の客を待っている。

「おい」

三左衛門が唐突に声を掛けると、伝助は鳩《はと》のように目を瞠った。

有無を言わせず、鳩尾《みぞおち》に当て身を食らわせる。

「うっ」

途端に露地の暗がりから見知らぬ男どもがあらわれ、昏倒した伝助をどこかへ運びさっていった。

三左衛門は用意された粗末などてらを着込み、水玉の手拭いで頬被りをする。

部屋貸しの親爺に化け、獲物がやってくるのを待った。

しばらくすると、仙三が尻端折《しりつぱしよ》りで駈けてきた。

「浅間さま、魚は餌に食いついた。おろくが三人組を連れてきやすぜ」

「そうか、よし」

「もうすぐ、表通りで派手な喧嘩がおっぱじまりやす。捕方の目がそっちへむいてるあいだに、連中をまるめこんでくだせえ」

「わかった、まかせておけ」

胸を叩いてみせたものの、あまり自信がない。

懸念されるのは、肝心のおろくがこちらの仕掛けを知らない点だ。あくまでも、おろくは文治の指示で動いている。まわりはすべて敵だとおもっているにちがいない。そうした窮状にあって、臨機応変に予定外の行動をとることができるのかどうか。三左衛門にとっても、そこは賭けだった。

仙三は側を離れ、黒板塀の暗がりに潜んだ。

裏木戸の外が騒がしくなり、破落戸《ごろつき》どもの怒声にまじって間抜けな捕方の呼子《よびこ》なども鳴っている。

すべては死神の甚六に指図され、地廻りの連中が仕組んだ狂言にほかならない。とりわけ重要なのは、鼻の利く文治の注意を逸らすことにあったが、そのあたりは甚六に手抜かりはなかった。

おろくが喧噪を逃れるように裏木戸を抜け、勝俣以下の三人組を連れてあらわれた。

「さあ、あちらへ」

なぜか、おろくも焦っている。

早く解放されることを願って、囮の役割を必死に演じようとしているのだ。

四人は溝店の奥まで歩をすすめ、はたと足を止めた。

「ん、いつもの親爺とちがうな」

鼻面を寄せてきたのは、勝俣次郎兵衛である。

三左衛門は背中をまるめ、町人ことばで応じた。

「へい、じつは伝助の兄ぃが風邪ひいちまったもんだから」

「ふうん、風邪をな」

「ついでにと言っちゃなんだが、今宵だけは所場を変えていただけやせんかねえ」

「ほう、なぜ」

「へへ、先約がへえっちまってるもんで」

「解《げ》せぬな」

「そのかわし、酒肴《しゅこう》を仕度させていただきやした。所場は門前町のしもた屋でね、お気に召したら、つぎからも使ってもらって結構でさあ」

「所場代はいっしょか」

「へえ、こっちの都合ですからね」

勝俣はちらっと二畳間をのぞき、仲間のふたりに顎をしゃくった。

どうやら、了解したらしい。

一方、おろくは三人組の背後で固まっている。

不吉な予感がはたらき、戸惑っているのだろう。

三左衛門は、おろくの顔をまじまじと凝視めた。

なるほど、網代屋の隠居が漏らしたとおり、とびきりの美人ではない。窶《やつ》れた顔を厚化粧で隠しているのだが、艶やかさの片鱗《へんりん》はまだのこっている。

三左衛門はつっと身を寄せ、おろくの耳もとに囁いた。

「思案橋でわしがたてた釣り竿の音、覚えがあるな。わるいようにはせぬ、信じてくれ」

おろくは顔をひきつらせながらも、こっくり頷いた。

「おい、なにをぐずぐずしておる」

勝俣の声に促され、三左衛門は四人の先頭に立った。

溝店の深奥《しんおう》から裏道を抜け、提灯で暗がりを照らしながら川縁を北へむかう。

三左衛門たちが去ったのをたしかめ、またもや、見知らぬ連中が溝店にあらわれた。勤番侍に化けた三人の若い男と提重役の女がひとり、四人を見張る部屋番の役目は仙三である。

すっかり手筈がととのったところへ、ようやく文治があらわれた。

抜き足差し足、野良猫のように近づいてくるさまが、いかにも間抜けである。

文治は溝店の片隅を注視し、部屋の内に四人のすがたをみとめるや、ほっと肩を撫でおろす。そして、遠目から様子を窺《うかが》いはじめた。

「へっ、莫迦め」

頬被りの仙三は会心の笑みを漏らしたが、文治には気づく術《すべ》もない。

ここまでは思惑どおり、あとは時間との勝負だ。

四半刻もすれば、文治も異変に気づくであろう。

「たのむぜ、浅間の旦那」

仙三は、ぼそっとつぶやいた。

八

はじめて足を踏みいれるものにとって、根津の岡場所は迷路とおなじだ。

それでも、三左衛門は図面で教えられた道筋を迷わずにすすんだ。

門前町の裏手に佇む廃屋は、堀川に面している。

「ほう、ここか、なかなか立派な平屋ではないか」

「へえ、もとは名のある商人の妾宅だったとかで」

勝俣の問いかけに、三左衛門はさらりと嘘を吐く。

「隣にゃ薄汚ねえ切見世もありやせんし、溝川の臭いもしてこねえ。いかがです、いらしてよかったでしょう」

「ふん、どうせなら、女も用意してくれればよいものを」

「冗談いっちゃいけやせんや。そこの姐さんにゃわるいが、百文や二百文ぽっちで抱ける女なぞ、根津の岡場所にゃおりやせんぜ」

「まあよい、案内しろ」

「へい」

三人の若侍は、粗末などてらを纏った丸腰の男に、まるで関心がない。

おろくだけが脅えつつ、三人組の背中につづいた。

「親爺、酒肴の仕度があると申したな」

「へ、まずは履物を脱いで揚がっておくんなせえ。そんでもって、右の奥からふたつ目の八畳間へどうぞ」

三左衛門は手燭《てしょく》に火を移し、提灯を吹きけした。

片側の雨戸は閉まっているので、廊下は真っ暗だ。

手燭の光だけをたよりに、五人は細長い廊下をすすむ。

三左衛門は障子戸の閉まった八畳間の手前で足を止め、おろくに目配せした。

「姐さん、隣の部屋に床が敷いてありまさ。そちらでお仕度をどうぞ」

「はい」

おろくがぎこちなく歩みだしても、月代侍どもは妙な顔ひとつみせない。

なにせ、三人は腕に自信がある。江戸で威勢を誇る中西派一刀流の道場に通い、平常から技を磨きあげているのだ。いつなんどき、不測の事態が起ころうとも、対処できる気構えはある。しかも、三人でまとまっていれば、何者かに襲われる心配はまずあるまい。

自信は慢心となり、三人は些細な不審点をことごとく見逃していた。

おろくが隣部屋に消えるのを見届け、三左衛門は障子戸に手を掛けた。

「では、みなさま、こちらへ」

たんと、障子戸がひらかれた。

刹那《せつな》、手燭の光をめがけて、脇差が鞘ごと飛んできた。

三左衛門は咄嗟《とっさ》に手燭を抛り、脇差を左手で受けとった。

「しゃ……っ」

電光石火《でんこうせっか》、本身を抜く。

一閃《いっせん》、二閃と闇を斬る。

「うきょっ」

「ぐへっ」

ふたりの若侍が畳に倒れた。

峰で首筋の急所を叩かれ、いずれも白目を剝いている。

「な、なんじゃ」

勝俣はわけもわからぬまま、大刀を鞘走らせた。

二尺五寸の白刃が唸り、障子の桟《さん》を薙《な》ぎきった。

太刀ゆきは鋭い。

三左衛門は首を縮めて躱《かわ》し、横飛びに廊下へ逃れた。

「ぬおっ」

勝俣は大上段に構えて腰を捻り、一刀流の切り落としを試みた。

――がしっ。

力任せに振りおとした本身が、がつっと鴨居《かもい》に引っかかる。

「くっ」

間髪を容れず、三左衛門の影が勝俣の脇腹を擦りぬけた。

水平斬りである。

「うぐっ」

つぎの瞬間、勝俣はがくっと片膝をついた。

鈍い光を放つ大刀は、鴨居に刺さったままだ。

三左衛門は、相手の脾腹《ひばら》を峰で正確に叩いていた。

「げほっ、げほっ、ぐえっ」

勝俣は烈しく嘔吐《おうと》しつつも、何が起こったのか、いまだにわかっていない。

部屋のなかにはもうひとつ、別の男の気配があった。

消えかかった手燭を拾いあげ、ぬっと顔を寄せてくる。

「わるさをするにゃ、まだ若すぎるんじゃねえのか、お」

面灯りに照らされた声の主は、八尾半四郎であった。

勝俣は涙目の眸子を瞠り、顎をわなわな震わせた。

半四郎の翳《かざ》す十手が目にはいったのだ。

「おい若僧、提重を殺ったのはてめえらだな」

「知らぬ」

「しらを切るんじゃねえ。部屋貸しの伝助が一部始終をみていたんだぜ」

半四郎が鎌《かま》を掛けると、勝俣は見る影もなく狼狽《うろた》えた。

「わ、わしではない。殺ったのは、わしではない」

「誰が殺ったか、んなことはどうだっていい。おめえらは最初《はな》っから、おしのを虫けら同然にあつかいやがった。そいつが赦せねえんだよ。女たちだってな、好きで身を売ってるわけじゃねえ。おしのにも、ちゃんと事情ってもんがあった。おっかさんを殺《あや》められたせいで、三人の幼子が路頭に迷うんだぜ」

「く、くそっ」

「泣くんじゃねえ。おめえはそれでも、すこしは悔いた。だから、百本杭まで足をはこんだんだろう。さあ、吐いちまいな。ここで白状すりゃ、獄門《ごくもん》は免れる。

侍らしく腹あ切らしてやろうじゃねえか、なあ」

勝俣は泣きじゃくり、みずからのあやまちを認めた。

三左衛門は頬被りのまま、脇差を鞘におさめる。

「浅間さん、あとの始末はまかしてくれ」

半四郎が声をはずませた。

いまごろ、荒木平太夫と文治は臍《ほぞ》を噛《か》んでいるにちがいない。

——殺しだあ。

仙三の悲鳴に釣られ、捕方どもは大挙して溝店へ雪崩《なだ》れこんだ。

ところが、いざ、踏みこんだところが、地廻りの連中は逃げたあとで、穴蔵のなかは蛻《もぬけ》の殻《から》、ささくれだった二畳間には肥った鼠《ねずみ》が一匹死んでいるだけだった。

上司の与力にたのんで大勢の捕方を動員してもらったにもかかわらず、網に掛かったのは鼠一匹、まさしく泰山鳴動《たいざんめいどう》して鼠一匹の喩《たと》えどおり、手柄を焦った荒木と文治は面目を失うこととなった。

九

霜月もなかば、冬至には南瓜《かぼちゃ》を煮て食い、銭湯では柚子湯《ゆずゆ》を沸かす。

柳島《やなぎしま》の妙見社《みようけんしや》では、北辰《ほくしん》（北極星）を祀《まつ》る星祭りが盛大におこなわれた。

が、夜空に星は瞬いていない。

三左衛門は釣り竿を担ぎ、柳橋の夕月楼を訪れた。

「ほほ、さては、おまつさんとまたやりましたな」

金兵衛にからかわれ、三左衛門はあたまを掻いた。

根津の一件で祝杯をあげてから、すでに七日が経っている。

勝俣次郎兵衛以下の三人は大聖寺藩おあずけとなり、厳しい詮議《せんぎ》のすえに切腹ときまった。これですこしは勤番侍たちも襟を正すにちがいないと、千代田城《ちよだじよう》の重鎮たちは溜息まじりにつぶやいた。

手柄をあげた八尾半四郎は奉行直々《じきじき》にお褒《ほ》めのことばを頂戴し、本所見廻り役の荒木平太夫と岡っ引きの文治は大恥を掻いた。

これほど痛快なことはないと、金兵衛は顔を合わせるたびに太鼓腹を叩いて笑う。

「そういえば、ついさきほどまで、網代屋のご隠居さまがおられたのですよ」

「与右衛門どのが」

「ええ、なんでも、深川は島田町《しまだちよう》のしもた屋を購入し、妾宅になさるとか。十も若返ったような顔で、そう仰いましてね」

「妾宅かあ、羨ましいはなしだな」

「なにを仰います。おまつさんに叱られますぞ」

「おっと、口は禍《わざわい》のもとだ」

「ふふ、ところで、妾になるお方は誰だとおもわれます」

「さあ」

「振売りのおろくさんですよ」

「まことか、それは」

おろくは世間体を憚《はばか》って断りつづけたが、与右衛門は三顧《さんこ》の礼で口説《くど》きおとした。もちろん、弟の幸吉も同居するという条件付きである。

「そいつは、めでたい」

三左衛門はほっと白い息を吐き、腰をあげた。

「おや、もうお帰りですか。河豚汁でもどうです、ひとつ」

「さては、おまつさんの顔がみたくなりましたな」

「勘弁してくれ」

「そんなことはない」

「強がりを仰いますな。冷えたからだを暖めてもらいなされ」

「詰まらぬことを抜かすな」

三左衛門は釣り竿を担ぎ、夕月楼をあとにした。

凍てつく大川をみやれば、中洲《なかす》の一帯に蕭条《しょうじょう》とした枯れ野が横たわっている。

おまつの顔をみたくなったのはたしかだが、浜町堀を渡ったところで、足が勝手に別の方角へむかった。

底冷えのする寒さのなか、住吉町の脇を抜け、芳町の陰間横丁を突っきる。

──ふくらあい、ふくらあい。

どこからともなく、おろくの声が聞こえてきた。

しかし、それは幻聴にすぎない。

耳を澄ませば、露地裏は深い静寂にとりつつまれている。

もういちど、野菜を売るおろくの声が聞きたかった。

が、もはや、それも叶わぬはなしだ。

おろくはようやく運を摑み、網代屋与右衛門の囲われ者になる。二度と天秤棒《てんびんぼう》を担ぐこともなければ、重箱を提げて武家地に出没することもあるまい。

おろくはきっと、幸せになる。世を儚《はかな》んで入水しようなどと、莫迦な気も起こさぬであろう。

それと承知していながらも、なぜか三左衛門は一抹の寂しさを禁じ得ない。秘かに慈《いつく》しんでいた野花を誰かに摘みとられてしまったような、網代屋の隠居に悋気《りんき》すら抱いている自分が妙であった。

こんな気持ちを知ったら、おまつは悲しむであろうか。

ふと、三左衛門は胸苦しさをおぼえた。

なにが罪かといえば、おまつを悲しませること以上に罪深いこともあるまい。ぐだぐだと小言を言われ、顔を合わせるのさえ嫌になるときもある。すこしばかり脇道に逸れ、路傍《ろぼう》に咲いた花を愛《め》でたくなることもあるだろう。が、それも一時のはなし、夢から覚めればすぐに、おまつのもとへ帰りたくなる。

それにしても、今夜は寒い。

襟を寄せて足早にすすむと、漆黒の空から白いものが落ちてきた。

「初雪か」

気づいてみれば、思案橋までやってきている。

「おや」

橋のなかほどに、艶めいた黒髪の女がひとり佇んでいた。

ひらひらと風花《かざはな》の舞うなかで、女はにっこりと微笑み、左手で袂《たもと》を摑みながら白い右手を振ってみせる。

「おまつか」

三左衛門はわずかに驚き、すぐさま頰を弛めた。

この寒いなか、どうして橋のうえなどで待っていたのか。

待ちつづけていれば、逢えるという確信でもあったのか。

問いただしたところで仕方あるまい。

おまえさんのことなら、一から十までお見通しだよと、おまつは微笑んでみせるにきまっている。

「おまつ、帰ろうか」

「はい」

凍てついた欄干越しに白い吐息が交錯した。

冬至のあとは寒の入り、越前《えちぜん》や越後《えちご》から椋鳥《むくどり》と呼ばれる出稼ぎ人がどっと江戸へ押しよせてくる。

ふたりは鴛鴦《おしどり》のように寄りそい、思案橋のむこうへ遠ざかっていった。

雪兎《ゆきうさぎ》

一

文政五年（一八二二）正月。

暮れに九州の霧島山《きりしまやま》が噴火し、年が明けてすぐに蝦夷《えぞ》の有珠山《うすざん》も噴火した。

諸国のどこかで火山が噴火すれば、家々の屋根は火山灰に覆《おお》われてしまう。

ほろほろと降る雪がこころなしか灰色っぽくみえるのは、気のせいだろうか。

三左衛門はおまつとおすずを連れ、柳橋から障子船に乗りこんだ。

「亀戸《かめいど》までやってくれ」

「へい」

亀戸天満宮《てんまんぐう》へは大川を横切り、向両国《むこうりようごく》（大橋東詰め）のさきから竪川《たてかわ》へ漕《こ》ぎすすむ。

一ツ目之橋、二ツ目之橋、三ツ目之橋、新辻橋《しんつじばし》と東漸《とうぜん》し、四ツ目之橋を過ぎるころになると、あたりは白一色の雪景色になりかわる。

突如、曇天の割れ目から一条の陽光が射し、野面《のづら》の一角を銀色に煌《きら》めかせた。

「わあ、きれい」

と、おすずは瞳をかがやかせる。

「おまえさん」

霰小紋《あられこもん》に匂《にお》い縞《じま》の被布《ひふ》を纏《まと》ったおまつが、白い息を吐いた。

「雪見船ってのも乙《おつ》なもんだねえ」

「さよう」

寒さに震えながら冬ざれの野面を眺め、雪暗《ゆきぐ》れの空へ凍鶴《いてづる》が飛びたつ光景に驚かされる。

「それが雪見船の味わいよ」

「あら、うふふ、おまえさんもたまには風流なことを仰《おつしや》る」

「莫迦《ばか》にしたものでもあるまい」

障子船は竪川から左手に曲がり、十間川《じっけんがわ》を遡上《そじょう》してゆく。

おまつは漆黒《しっこく》の丸髷《まるまげ》を、櫛目《くしめ》も艶《つや》やかに結いあげていた。

凍てつく川面を凝視《みつ》め、しっとりとした笑みを投げかける。

長い睫毛《まつげ》を瞬く仕種《しぐさ》に、三左衛門はおもわず見惚《みと》れてしまった。

「おっかさん、梅を観にいくんでしょ」

おすずが横から割りこんでくる。

なるほど、立春から二十五日といえば、雪中に梅の蕾《つぼみ》もほころびはじめる時節である。

が、今日のところは、梅屋敷への遊山が目的ではない。

「亀戸の天神さんへ鷽替《うそかえ》にいくんだよ」

おまつは諭《さと》すように言ってきかせた。

「去年はあんまり良いこともなかっただろう。今年は良い年に替えていただけますようにってね、一生懸命、神さんにお祈りしなくちゃいけないよ。わかったかい、おすず」

「はあい」

正月二十五日、亀戸天満宮では鷽替と称する神事がおこなわれる。

鷽は山里に棲《す》む小鳥、鷽替とは丹《に》や緑青《ろくしょう》で彩色した木製の鷽、削掛《けずりかけ》の一種だ。参詣人《さんけいにん》は社頭の出店でこれを買い、袖に隠して「替えましょ、替えましょ」と唱えつつ、輪になった知らないもの同士が手から手へ交換しあう。

鷽を交換することで、これまでの凶事をすべて嘘にする。

鷽と嘘を掛け、凶事を吉事に替える神頼みのひとつである。

そもそも、鷽替神事は太宰府《だざいふ》天満宮にはじまり、文政二年、大坂天満宮へ伝えられた。「こころつくしの神さんがうそをまことに替えさんす、ほんにうそがへおおうれし」というはやり唄が大坂で評判になり、江戸の亀戸天満宮でも昨年から催されるようになった。

船頭は巧みに竿《さお》を操り、みよしを天神橋の船着場へ寄せていった。

辰《たつ》ノ刻（午前八時）を過ぎたばかりというのに、大勢の参詣客が天満宮の鳥居をくぐってゆく。

三左衛門たちも長蛇の列につづき、広大な境内へ呑みこまれていった。

根雪の踏みかためられた参道には数多《あまた》の床店がならび、威勢の良い香具師《やし》たちが縁起物を売っている。

三人は浮かれ気分で社殿へおもむき、天神さまに柏手《かしわで》を打った。

これといって願うこともないまま、三左衛門はひたすら家内安全を祈った。

おまつは社頭の出店で鷽を買いもとめ、ついでにおみくじをひいてくる。

「おまえさん、大吉だよ」

「そいつは縁起がよいな」

「預かっておいて」

「よいのか」

「ほら、恵方詣《えほうまい》りでも大吉を引いたでしょう。財布に大吉が二枚あったら、吉と吉が喧嘩しちまう。大凶に変わっちまうかもしれないじゃないか」

「なるほど、それもそうだな」

三左衛門はおみくじを貰いうけ、左袖の財布に仕舞いこむ。

いつになく凜々《りり》しくみえるのは、この日のために損料屋《そんりようや》（貸衣装屋）で紬縞《つむぎじま》の式服を借りてきたせいだろう。

「さあ、たのんだよ」

おまつとおすずに尻を叩かれ、三左衛門は鷽替の輪にくわわった。

「替えましょ、替えましょ」

人々の大合唱は盛りあがりをみせ、袖と袖の擦れあう音がやけにおおきく聞こえる。

三左衛門の右隣は手代風の優男《やさおとこ》、左隣は髪を輪なし天神に結った若い女だ。

女はよろけ縞の小袖のうえから滝縞の半纏《はんてん》を肩はずしに羽織り、片笑靨《かたえくぼ》をつくって微笑《ほほえ》みかけてきた。

「おや旦那、素敵ですねえ。お召し物がようく似合っておいでですよ」

「ん、さようか」

若い女に褒《ほ》められ、三左衛門は有頂天《うちょうてん》になった。

鼻のしたを伸ばしつつ、右手で優男の鬢を貰いうけ、左手で自分の鬢を女に手渡す。手渡したついでに袖と袖が触れあい、女はさっと身をひるがえした。

「なっ」

やられたと気づいた瞬間、滝縞の半纏は人ごみのなかへ消えてゆく。

着慣れない式服なぞ着るものではない。と、悔やんでも後の祭り、迂闊《うかつ》にも女の巾着切《きんちゃくきり》に財布をすられてしまったのだ。

小銭くらいは盗まれてもよいが、口惜しいことに、おまつから託された大吉のおみくじが財布に入れてあった。これでは運を盗まれたもおなじ、三左衛門は血相を変え、女の背中を追った。

「おまえさん、どうしたの、ねえ、ねえってば」

おまつの呼びかけに耳を塞ぎ、人ごみを縫うように駆けぬける。

輪なし天神の女は牝鹿《めじか》のようにすばしこく、とうてい追いつきそうにない。

三左衛門は追跡をあきらめ、社頭の一隅へ重い足を引きずった。

袖裏に縫いつけてあった小銭を取りだし、新たなおみくじをひいてみる。

「どうか、大吉でありますように」

祈るようなおもいで紙をひらいた途端、かくっと膝が抜けおちた。

朱で「大凶」と記された文字が、目に飛びこんできたからだ。

「おまえさん、いったい、なにがあったっていうのさ」

眸子《まなこ》を吊りあげたおまつが、人の波を漕ぎわけながら近づいてくる。

三左衛門はつくり笑いを泛《うか》べ、左の袖をひらひら振ってみせた。

二

如月朔日《きさらぎついたち》。

ようやく暦は啓蟄《けいちつ》となり、梅も咲きほころんだ。

降り仕舞いの名残雪《なごりゆき》は、湿り気をふくんだ牡丹雪《ぼたんゆき》である。

三左衛門は久方ぶりに、下谷同朋町《したやどうぼうちょう》の八尾半兵衛《はんべえ》を訪ねてみた。

半兵衛は八尾半四郎の伯父《おじ》である。還暦《かんれき》を疾《と》うに過ぎた老人だが、矍鑠《かくしゃく》としている。何十年も忠義一筋で公儀に仕えたものの、子宝に恵まれなかったこともあり、隠居後はあっさり御家人株を売りはらった。その金で大量の苗を仕入れ、せっせと鉢物を育てはじめたのだ。

好事家《こうずか》のあいだでは鉢物名人として知られ、変わり朝顔だの万年青《おもと》だのの蘊蓄《うんちく》を語りだしたら止まらない。癖がつよく、頑迷《がんめい》なところもあり、甥《おい》っ子の半四郎には煙たがられているものの、三左衛門とは妙に馬が合う。

庭付きの瀟洒《しょうしゃ》な平屋は、徒組《かちぐみ》組屋敷の裏手にあった。

「おや」

四つ目垣《よめがき》のまえに、三左衛門は丈二尺ばかりの雪達磨《ゆきだるま》をみつけた。

いや、よくみれば大きな耳がふたつ立っており、兎《うさぎ》を象《かたど》った雪像のようだ。

首をかしげながら簀戸門《すどもん》をくぐると、来客用の雪道が中庭へつづいている。

勝手知ったるもののように雪道をたどれば、頭髪も眉も白い半兵衛が縁側に仁王立《におうだ》ち、竹箒《たけぼうき》で軒の氷柱《つらら》を落としているところだった。

庭を埋めつくす鉢植え棚はすっぽり筵《むしろ》に覆われ、風雪のなかでも暖が得られるようになっている。

半兵衛は三左衛門のすがたをみつけ、にんまりと相好をくずした。

「おう、おぬしか」

「ごぶさたしております」

「半四郎は息災にしておるのか」

「はて、このところはお忙しいご様子で」

「年末年始は捕方の書入時《かきいれどき》じゃったからのお。まあ、あがれ」

「は、これを、おつやどのに」

「なんじゃ、土産《みやげ》か」

「辻番《つじばん》のまる焼きです」

三左衛門は懐《ふところ》中から、温かい包みを取りだした。

「栗より美味《うま》い十三里か、おなごの好きな食い物をよう知っておる……おつや、おつや、ほれ、客人から焼き芋《いも》を貰うたぞ」

呼ばれてあらわれたのは、小柄でふっくらしたからだつきの三十女だ。

「おいでなされませ」

三つ指をついて細い眸子を伏せ、消えいりそうな声を漏らす。

性格はいたっておとなしいが、おつやは情のこまやかな女だ。

粋な大人のイッキ読み！

昨春までは千住《せんじゆ》の宿場女郎であったが、幸運にも半兵衛に見初《みそ》められ、身請けされた。

妻に死なれた年寄りの寂しさを、おつやという女が埋めている。

「おつや、蒟蒻《こんにやく》の煮しめがあったであろう」

「はい」

おつやは奥へ引っこみ、しばらくして熱燗《あつかん》をつけてきた。

「半兵衛どの、昼間から酒ですか」

「おぬしと茶を呑んでどうする」

「それもそうですな」

ふたりは手酌で酒を呑み、蒟蒻を食い、世間話に花を咲かせた。

半兵衛は興が乗ったら止まらない。茹《ゆ》で蟹《がに》のように顔を赤くさせ、止めどもなく喋りつづける。

「おい、鴨《かも》でも食うか」

「は、いただきます」

「よし」

半兵衛はおつやに七輪《しちりん》を仕度させ、縁側で鴨の網焼きをやりはじめた。

「このごろは計り炭も値が張るようになったわい。一升で二百文じゃ、わずかばかりまえまでは百文じゃったになあ」

などと嘆きつつも、鉢物で稼いでいる半兵衛は、計り炭ではなしに炭俵を購入できる身分である。

照降長屋の住人はみな、炭粉に泥をまぜた炭団《たどん》で暖をとっていた。七輪で食べ物を焼くのも稀《まれ》なら、高価な鴨肉を食する機会もない。香ばしい匂いを嗅ぎながら、三左衛門は盃をすいすい干してゆく。

「ところで半兵衛どの、四つ目垣の外にあった雪像、あれは何のまじないでしょうか」

「雪兎のことか」

「ええ」

「よくできておろう。しかも、大きい。あれはまさに、雪でつくった道祖神《どうそじん》じゃな。されど、わしがつくった代物ではないぞ」

「では誰が」

「そやつ、年の暮れから七日にいちどはやってくる。節季候《せきぞろ》か辻謡《つじうた》いか、なんにせよ袖乞《そでご》いのたぐいとはおもうが、これが一風変わった男での、朝未《あさまだ》きに辻々を巡り、雪兎をつくって歩くのじゃ」

「ほう、辻々にですか」

「ふむ、兎のあたまに小銭を置いておくと、いつのまにやら無《の》うなっておるのよ。同朋町の徒組組屋敷でも評判になっておるようでな、雪兎の旦那なぞと呼ぶものまである」

「雪兎の旦那」

「じつはいちど、去りゆくすがたを垣間見《かいまみ》たことがあってな。そやつは襤褸《ぼろ》を纏い、編笠《あみがさ》で面体を隠しておったが、二本差しじゃった」

「ほほう」

「若くはない。五十代もなかばあたりか。うらぶれてはおったが、後ろ姿がどことのう凛とした風情でなあ、わけもなく泣けてしもうた」

「はあ」

「生きるのも辛かろうに、ただ、生きねばならぬ宿命《さだめ》に生かされている。そんな男のような気がしての、不覚にも涙をこぼしたわけさ」

「なるほど」

「ふん、小馬鹿にしておるのか」

「とんでもない」

「おぬしも年を食えば、涙もろくなるわい」

生きねばならぬ宿命とは、いったい何であろうか。

「未練じゃろうな、この世への」

と、半兵衛は苦い顔でこぼす。

鴨肉が網のうえで焦げていた。

「もったいないことをするな」

叱られながら黒焦げの鴨を呑みこみ、三左衛門は腰をあげた。

「帰るか」

「はい」

「また、焼き芋でも買うてこい」

「かしこまりました」

縁側に背をむけて雪道をたどり、枯れ寂《さ》びた簀戸門をとおりぬける。

おつやは門のところまで見送ってくれ、深々とお辞儀をした。

ふと、雪兎をみやれば、耳のあたりが溶けかかっている。

顔つきはやわらかで、微笑仏《みしょうぶつ》のようでもあった。

足許に注意しながら辻々を巡ると、なるほど、雪兎は道祖神のごとく点々と築かれていた。微妙にすがたを変えてはいるが、いずれも柔和な笑みを湛《たた》えている。とるにたりない雪像とはいえ、丹精籠《たんせいこ》めてつくられた代物であることは一目でわかった。

「儚《はかな》くも溶けてなくなる雪兎、たれにぞ問わん未練虚しや」

三左衛門は人知れずつぶやき、六花《りっか》舞う辻裏から広小路へとむかった。

三

数日後、初午《はつうま》の縁日で賑わう湯島の妻恋稲荷《つまごいいなり》へおもむき、はからずも雪兎と対面することになった。

妻恋稲荷は名称どおり、男女の縁をとりもつ神、十分一屋《じゆうぶいちや》のおまつにとって、如月初午の参詣は欠かすことのできない行事である。嫌々ながら付きあわされたのが運を呼びこんだのか、三左衛門は旗本屋敷の連なる四つ辻で雪兎をみつけた。

「ひとつ、ふたつ……」

魅入《みい》られるように雪兎をたどってゆくと、突きぬけるような蒼天《そうてん》を背に、鮮やかな鮫小紋《さめこもん》を羽織った女の後ろ姿に出会《でくわ》した。

「お」

目を引いたのは輪なし天神の髪型、もしやとおもって注視すれば、鷺替神事で財布をすられた女に面立ちが似ている。引きあてたそばから失った大吉の神託、盗まれた運を取りもどす好機の到来であった。

三左衛門は乾いた唇をぺろっと嘗《な》め、一定の間合いを保ちながら女を尾《つ》けはじめた。

鮫小紋の女は雪兎のまえに屈み、何をするのかとおもいきや、ひとつひとつあたまを撫で、小銭を置いてまわった。そうかとおもえば両手を合わせ、目に涙さえ滲《にじ》ませながら辻から辻へ歩んでゆく。

「ひとちがいか」

三左衛門は立ちどまった。

あれほど信心深い巾着切もおるまい。

女のすがたは、まるで遍路《へんろ》のようでもあった。

涙の意味は、想像すべくもない。

三左衛門は四つ辻で女を見失いかけ、袖を振って追いかけた。

駈けながら辻を曲がると、目鼻のさきに女がいた。

「げっ」

おもわず、声が出た。

女は板塀に片手をつき、こちらに背中をむけている。

どうやら、下駄の雪取りをしていたらしい。

女は白いうなじを捻り、ふっと片笑靨《かたえくぼ》で微笑んだ。

褄《つま》を取って嬌態《しな》をつくり、練《ね》れた女のように会釈する。

三左衛門は目の遣り場に困るほど、どぎまぎさせられた。

まちがいない。巾着切の女だと確信しながらも、声を掛けそびれてしまう。

動揺を悟られまいと、三左衛門は何食わぬ顔で脇を擦りぬけた。

我慢して歩みつづけ、そっと振りかえってみれば、すでに、女のすがたは煙と消えている。

「くそっ」

股立《ももだ》ちをとり、雪道を駈けもどった。

武家地の狭間《はざま》を右往左往している様子は、傍《はた》からみれば阿呆《あほう》にみえる。

「どこへ消えた」

亀のように首を伸ばし、あたりをきょろきょろ見まわしてみた。

「ん」

斜交《はすか》いの門脇に、六尺棒を抱えた門番がひとり立っている。ふくみ笑いをしてみせたので、三左衛門は大股で歩みより、居丈高《いたけだか》に顎《あご》を突きだした。

「おい」

「は、なにか」

「おぬし、笑ったな」

「いいえ」

「嘘を吐け。わしをみて笑ったであろうが」

「と、とんでもございませぬ」

「いいや、笑った。武士を愚弄《ぐろう》すると承知せんぞ」

「そんなつもりは」

「まあよい、女はどうした」

「はあ」

「はあではない。あすこで下駄の雪取りをしていた女だ。見ておったのであろうが」

「それなら」

と、門番は薄く笑った。

女は面前の旗本屋敷に消えたという。

屋敷の主人は黒部玄蕃《くろべげんば》といい、八百石取りの中堅旗本だった。

喋り好きの門番は、女のことを知っていた。

「名はおりん、踊りの師匠ですよ」

「踊りの師匠だと」

「ええ、この正月から黒部さまの贔屓《ひいき》にあずかっている様子で、薬研堀《やげんぼり》から三日に一度は通ってきますよ。へへ、なにせ、あれだけの縹緻《きりょう》でしょう」

この界隈で噂にならぬほうがおかしいと、門番はまた笑う。

三左衛門は礼も言わずに踵《きびす》をかえし、駆けてきた道をもどりはじめた。

なにやら、狐につままれた気分だ。

踊りの師匠が巾着切とは、考えにくい。

他人の空似というやつか。

いや、やはり、おなじ女としかおもえない。

あれこれ考えながら歩んでいると、辻むこうからおまつがやってきた。

「うえっ」

隠れようにも、隠れる場所がない。

いつのまにか空は雪雲に覆われ、白いものがちらちら舞いおりてくる。

「おまえさん、どこをほっつき歩いていたんだい」

般若顔《はんにゃがお》で啖呵《たんか》を切られ、三左衛門は狼狽《うろた》えた。

「ちょっと野暮用をおもいだしてな」

「みえすいた嘘を吐くんじゃないよ。女の尻を追っかけてたじゃないか」

「みておったのか」

「笑ってごまかしても無駄だよ」

「わかった、わかった。じつはな、おまつ」

亀戸天神の巾着切に出会したのだと、三左衛門は正直に説明した。

「まさか、きっとひとちがいだよ」

「いいや、わしの目に狂いはない。これは雪兎がみちびいた縁かもしれぬ」

「雪兎って」

「背中をみてみ」

おまつの振りむいたさきで、二尺（六十センチ）足らずの雪兎が微笑んでいた。

「まあ、可愛らしい」

「下谷同朋町の辻でもみかけた。迷い人をみちびく道祖神さ」

「おまえさんの言うことが真実なら、大吉のおみくじを取りもどしてもらわなくちゃね」

「そういうことだ」

「のろまな亀のおまえさんに、すばしこい兎が捕まえられるかどうか。これは見物だよ」

「まかせておけ」

ぽんと胸を叩きながらも、三左衛門には女を捕まえる自信がない。

捕まえることはできても、確たる証拠がないかぎり、女は正体を明かすまい。

「はて、どうする」

三左衛門は、雪兎に問いかけてみた。

「おや」

いつのまにか、施しの小銭が無くなっている。

と、背後に人の気配を感じた。

振りむけば、編笠の男が辻むこうに消えてゆくところだった。

四

雪暮れの町屋に、男の影を追いかけた。

男は逃げ水のようで、追いついたかとおもえば、知らぬうちに遠くを歩んでいる。

三左衛門は焦燥《しょうそう》に駆られつつ、小大名の屋敷が居並ぶ御成街道《おなりかいどう》から下谷広小路へむかった。そして、網目のように拡がる徒組組屋敷の辻裏に踏みこんだところで、ついに男を見失った。

「ま、仕方あるまい」

男を追うのが本筋ではないのに、何か引っかかるものを感じ、追ってみただけのはなしだ。

三左衛門は暮れ六つの鐘を聞きながら、御成街道を引きかえした。

雪に埋もれた柳並木を彼岸《ひがん》に眺めつつ、神田川沿いを柳橋方面へむかう。

さらに、神田川を渡り、両国広小路を横切ったさきが、薬研堀であった。

薬研堀といっても、元禄《げんろく》年間に大部分が埋めたてられている。

この界隈は唐辛子《とうがらし》を扱う見世と医者が多いことで知られていた。

「おりんか」

名を口ずさめば、雪取りをする女の色っぽい仕種が浮かんでくる。

おりんの住処《すみか》は、苦もなく探しあてることができた。

どこにでもあるような棟割長屋の一隅に、墨痕《ぼっこん》も鮮やかな「踊り指南」の真新しい白札がみえる。

おそらく、今時分は黒部屋敷から、ちょうど帰りついたころだろう。

直に当たってみるのは躊躇《ためら》われたが、ほかにこれといった方法もない。

「まいろうか」

意を決し、物陰から一歩踏みだした。

つぎの瞬間、三左衛門は足を止めた。

別の物陰に、男がひとり潜んでいる。

「ん」

男は襤褸《ぼろ》を纏い、編笠で面体を隠していた。雪兎の男だ。

黒部屋敷から、おりんを尾けてきたのか。

だとすれば、尾けた理由をどうしても知りたい。

「逃さぬぞ」

周囲は暗く、雪明かりだけがたよりだった。

三左衛門は疾風《しっぷう》となって駈け、男の背後に迫った。

声を掛ける暇もない。

「ふん」

やにわに、男は牙《きば》を剝《む》いた。

刃風とともに、眩《まばゆ》い閃光《せんこう》が鼻面を掠《かす》める。

鬢《びん》を振って躱《かわ》した途端、右足がつるっと滑った。

尻餅《しりもち》をついたところに、二撃目の刃が落ちてくる。

「しぇ……っ」

三左衛門は太刀筋を見極め、咄嗟《とっさ》に両肘を突きあげた。

頭上に迫る鋭利な白刃を、左右の 掌《てのひら》 で拝みどりに挟む。

「ぬうっ」

編笠の男は低く唸って乗りかかり、長尺の刀を圧《へ》し斬りに押しこんできた。

なんとも凄まじい膂力《りょりょく》だ。三左衛門は声も出せない。

わずかでもちからを抜けば、頭蓋《ずがい》を鉈《なた》割りにされる。

毛穴という毛穴から、嫌な汗が吹きだしてきた。

「ま、待て……待ってくれ」

やっとのことで呼びかけると、男は肩のちからを抜いた。

「なにを待つ」

男は編笠をかたむけ、二の腕に力瘤《ちからこぶ》をつくってみせる。

「わ、わしは浅間三左衛門、あ、怪しいものではない」

声をひっくりかえすと、ようやく必死さが伝わり、男はすっと身を引いた。

刀を静かにおさめ、編笠の下で桃割れの顎を動かす。

「なにゆえ、拙者を尾ける」

寒風に揺れる枯木のような、ざらついた声だ。

「雪兎のみちびいた縁にござる」

三左衛門はふうっと溜息を吐き、どっかり胡座《あぐら》を掻《か》いた。

そして、鷽替神事からの経緯《いきさつ》をかいつまんで説きはじめた。

男は黙然《もくねん》と耳をかたむけ、おもむろに編笠をはぐりとった。

うっと声が出てしまうほど、男の面相はうらぶれていた。

禿《は》げかかった頭髪、落ちくぼんだ眸子、頰は瘦《こ》けおち、膚《はだ》は灰色にくすみ、目尻の皺《しわ》にまで垢《あか》が溜まっているような感じなのだ。しかも、からだじゅうから悪臭を放っている。

八尾半兵衛の指摘したとおり、年齢は五十代なかばであろう。

「すまぬ、いますこしで貴殿を斬るところであった」

男はぺこりと頭《こうべ》を垂れた。

「なんの、黙って背後に迫ったのは拙者です。斬られても文句は言えない」

「それにしても、よくぞ白刃を素手で受けられたな。太刀を抜かれておったら、拙者のほうが斬られたに相違ない」

「ふふ、それは無理です」

「なぜ」

「これを」

三左衛門は腰をあげ、無造作に大刀を抜いてみせた。

「ほう、竹光か」

「さよう、拙者は人斬りではござらぬ。もし、よろしければ、そのへんの屋台で一杯飲《や》りませんか」

「一杯とは……酒のことであろうか」

「ほかに何がありますす」

「酒なぞひさしく呑んでおらぬ」

「それなら、無理にでも付きあっていただきましょう」

「銭がない」

「心配ご無用。拙者のおごりです」

表通りへ足をむけると、男は黙ってついてきた。

「ほら、あすこに二八蕎麦《にはちそば》の屋台がある」

夜更けには混みあう屋台だが、親爺は辻行燈《つじあんどん》の奥で舟を漕いでいた。

「親爺、起きろ」

「へ、へい」

「月見はあるか」

「へい、三十二文でさ」

「よし、そいつを二杯と燗酒をくれ」

「へ、ただいま」

男は三左衛門の隣に立ち、生唾を呑みこんでいる。

袖乞い暮らしの道心者《どうしんもの》にとってみれば、三十二文の蕎麦は贅沢《ぜいたく》な食い物だ。ましてや、酒などは贅沢の極み、男の異様な眼光をみれば、咽喉《のど》の渇きが尋常でないことはすぐにわかる。

ちろりの熱燗ができあがり、三左衛門は酌をしてやった。

男は震える手で、ぐい呑みをかたむけた。

「う……う、うまい」

「それはよかった。ところで、貴殿のご姓名をお聞かせねがえませぬか」

「これは迂闊《うかつ》。名など捨てたも同然だが、秋本伴之進《あきもとともののしん》と申します」

「されば秋本さま、ひとつお聞きしても」

「どうぞ」

「失礼ながらお腰の代物、かなりの業物《わざもの》と拝察いたしましたが」

「ははあ、道心者《どうしんじゃ》の分際で刀を質草に預けぬのはなぜか、ということですな。じつを申せば、これは備前《びぜん》物の逸品、先祖伝来の名刀でしてな」

身なりはうらぶれても、武士の気概だけは忘れまいとでも言いたげに、秋本は愛刀の柄を撫でてみせる。

「これを売るときは死ぬときと決めてござる。老骨の気概と申せば聞こえはよいが、頑迷な年寄りのわがままにすぎませぬわい」

蕎麦がきた。

湯気を鼻から吸いこみ、秋本は噎《む》せた。噎せながらも貪《むさぼ》るように蕎麦を啜《すす》り、あっというまに汁の一滴までたいらげた。

「お見事」

「まるで餓鬼《がき》ですな。お恥ずかしい」

腹も落ちついたところで、三左衛門は本題を切りだした。

「ところで、おりんという女とはどのような関わりが」

「は」

しばし呆気《あっけ》にとられたのち、秋本は薄い丹唇《くちびる》を震わせる。

「あれは……一人娘です」

「え」

「凜と生きるの凜、拙者の付けた名でござる。乙卯《きのとう》の卯月初卯に生まれたので、兎とはことのほか縁が深い」

秋本は寂しそうに漏らし、ぐい呑みの底を凝視めた。

ちろりをかたむけ、のこった酒を注いでやる。

「かたじけない」

た」

「なんの。さ、おつづけください」

「凜と別れたのは二十年前、あれが六つのときでござる。拙者は駄目な父親でした」

貧乏旗本の長男に生まれた秋本は若い時分、袋物屋の娘を妻に迎えいれた。いわゆる持参金目当ての嫁取りであったが、それなりに妻とは愛を育《はぐく》み、女の子にも恵まれた。

ところが、要領のわるい秋本はいつまで経っても小普請組《こぶしんぐみ》に甘んじ、役に就《つ》くことができなかった。そして、何年も待ったあげくにようやく摑んだ役目も、上役たちへの賄賂《まいない》が充分でなく、陰に日向《ひなた》に虐《いじ》めぬかれたすえにお役御免とされた。

荒れ放題で酒浸《さけびた》りの日々をおくるうちに、妻や妻の実家にも愛想を尽かされ、ついには三行半《みくだりはん》を書かされる羽目に陥った。符丁《ふちょう》を合わせるかのように、病弱の父母があいついで他界し、弟たちは養子に貰われていった。秋本はひとりで家名を守ることに疲れ、刀一本携えて家を飛びだしたのである。

「腹を切ってもよかったのでござるが、切れば誰かが屍骸《むくろ》を始末せねばならない。他人様に迷惑を掛けたくはなかったのです」

「それで家を飛びだしたと」

「はい。香具師の真似事や袖乞いをやりながら、全国津々《つつ》浦々《うらうら》を転々といたしました。あたまをまるめたことも一度ならずござったが、どうしても、この刀だけは捨てられませなんだ。もはや、侍身分に執着するのもおこがましい。さりとて坊主にもなりきれず、いっそ死んでしまえば、どれだけ楽になれたことか。ただ、人というものは、簡単に死ねるものではござらぬ」

秋本は眸子を充血させ、ぼそぼそ喋りつづけた。

零落した貧乏旗本にありがちな末路と言えばそれまでだが、これほどまで不幸を絵に描いたような人物もめずらしい。

「この世に未練があるとすれば、可愛い娘のことでござった。雪が降るときまって、あれは兎をつくってくれとせがみましてな。さよう、凜と過ごした最後の年、ちょうど今時分の季節でした。凜を喜ばせようと、朝未《まだ》きから庭じゅうに雪兎をつくりましてな、ところが、凜は庭を眺める暇《いとま》も与えられず、母親に腕を取られ、わんわん泣きながら家を去りよった。拙者は追いもせず、ただ漫然《まんぜん》と雪兎を眺めて過ごしました」

爾来《じらい》、事に寄せては江戸へ足をはこび、娘の成長を遠くから眺めてもいたが、おりんが十を過ぎたのをさかいに、江戸とはぷっつり縁を切った。

「すがたをみれば逢いたくもなる。逢えば迷惑が掛かる。なにもかも、忘れようとしたのでござるよ」

ところが年を追うごとに、幼い娘と過ごした日々の記憶だけが鮮明に甦《よみがえ》ってくるようになった。逢いたいという衝動に駆られ、秋本は十数年ぶりに江戸へ舞いもどってきた。

「まっさきに訪ねたところは、浅草田原町《たわらまち》にあった妻の実家です。ところが、数年前に実家の袋物屋は潰れ、一家は離散、噂によれば妻は心労で亡くなってしまったとか。凜の消息は杳《よう》として知れず、詮方《せんかた》なく、かつて居を構えておった湯島を訪ねてみると、家屋敷は見ず知らずの旗本の手に渡っておりました」

その旗本が黒部玄蕃と聞き、三左衛門は顎をはずしかけた。

ともあれ、秋本は江戸を離れづらくなり、暮れから湯島や下谷の界隈で袖乞いをはじめたのだという。

「施しに感謝しながら、仏像を彫るがごとく雪兎をつくってまわりました。ただ、あわよくば凜に邂逅《かいこう》できたらという、よこしまな願望もござった。邂逅できたところで、たがいに惨《みじ》めなおもいを募らせるだけ。されど、死ぬまえにたったた一度でいい、娘に逢って父の不徳を詫びたい。そんなふうに望んでおったところ」

「望みが叶《かな》ったわけですな」

「はい。遠目ながら凜を見ることができました。浅間どのの奥方が引きあてた大吉のご利益か、めぐりめぐって凜と拙者に運をもたらしてくれたのです。されど、ああ、娘が巾着切なぞに堕《お》ちておったとは……これもみな、不甲斐《ふがい》ない父親のせいでありましょう」

訥々《とつとつ》と身の上話を語りながら、秋本は二杯目の蕎麦を啜《すす》り、酒を五合ほど呑んだ。

三左衛門はいっこうに酔えない。

おりんは、涙ぐみながら雪兎を拝んでいた。

幼い時分に暮らした黒部屋敷へも出入りしている。

もしかしたら、おりんも父との邂逅を望んでいるのではあるまいか。

おたがいに強く邂逅を望みながらも、父と娘は逢えずにいるのだ。

「困ったな」

三左衛門は、ぽつりとつぶやいた。

大吉のおみくじを取りもどす気力が、次第に萎《な》えてゆくのを感じていた。

五

翌早朝、三左衛門は霜を踏みながら下谷同朋町へむかい、八尾半兵衛を訪れた。簀戸門を抜けて庭へまわると、半兵衛は房楊枝《ふさようじ》で舌の苔《こけ》を落としているところだった。

「どうも、また来ました」

「ふむ」

半兵衛は待っておれと身振りで命じ、素《す》っ頓狂《とんきょう》な声で「ほおい」と、おつやを呼んだ。

呼ばれただけで用事がわかるのか、おつやは洗面盥《せんめんだらい》と柘植《つげ》の入れ歯を携えてきた。愛用の入れ歯をはめないかぎり、半兵衛はまともに喋ることもできないのである。

「まあ、あがれ」

半兵衛はにっと入れ歯を剥き、皺皮の垂れた顎をしゃくった。

「手ぶらか、焼き芋はどうした」

「忘れました。今日は相談事がありまして」

「ふうん、半四郎の見合い相手でも決まったか」

「残念ながら、ちがいます。半四郎どのに相談できぬ内容ゆえ、こうして伺いました」

「ほほう、めずらしいの」

おつやが朝酒をはこんできた。肴《さかな》は蛸《たこ》の甘煮である。

「今朝はきいんと冷えるの」

「はあ」

「して、相談事とは」

「雪兎にござります」

鷽替神事からはじまった一連の出来事を、三左衛門は順を追って説いた。

半兵衛はちろちろ酒を嘗め、額と頬を桜色に上気させながら耳をかたむけた。

「ふうむ、父は元旗本の袖乞い、娘は巾着切か。やはり、雪兎の旦那には深い事情があったわけじゃな」

「はい」

「で、おぬしはお節介を焼きたいわけか」

「いいえ、大吉の運を取りもどしたいだけです。おまつからもきつく言われておりますもので」

「ま、おぬしの事情なぞ、どうでもよいわ。知恵をしぼらねばならぬのは、いかにして父と娘を逢わせるか」

「そこです」

「ちと引っかかることを思い出したぞ」

「なんでしょう」

「浅草の黒船町《くろふねちょう》に巾着切の巣があってな、そこの親分に藪睨《やぶにら》みの卯吉《うきち》というのがおる」

かれこれ十五年もむかしのはなしになるが、半兵衛は揉め事に巻きこまれた卯吉に恩を売ったことがあった。卯吉は巾着切にしては義理堅い男で、爾来、盆暮れにはかならず旬《しゅん》の食い物を携えてくるという。

「たしか、この暮れは鼈《すっぽん》じゃったな。あのたわけめ、他人様から盗んだものではない、そこいらの池で釣ったものだと自慢しくさりおってのお」

「半四郎どのは、卯吉をご存知なのですか」

「知っておるはずがなかろう。あやつは融通の利かぬ男ゆえ、おおかた、卯吉のことを知れば押《お》っ取《と》り刀《がたな》で捕まえにゆくじゃろうて。世の中にはな、抛《ほう》っておいたところで毒にも薬にもならぬ小悪党がおるものよ」

「なるほど」

半兵衛の達観した科白《せりふ》を聞くと、いつも気が楽になる。

「卯吉を訪ねてみるがよい。餅は餅屋、娘のことで何かわかるかもしれぬ」

「さようですな」

「それから、ちかいうちに雪兎の旦那と引きあわせよ。鼈鍋でもつつきながら呑みかわすのもよかろうて」

「は、かならず席をもうけます」

三左衛門は半兵衛のもとを辞去し、その足で黒船町へむかった。

黒船町は蔵前大路《くらまえおおじ》の北端、雪解けで水嵩《みずかさ》の増した大川端にある。

足を延ばせば半里足らず、下谷からは目と鼻のさきであった。

教えられた所在には、間口のひろい一軒家が佇んでいた。

表向きは香具師の元締めと聞いたが、なかなかどうして、卯吉の羽振りは良さそうだ。

敷居を跨《また》ぐと若い衆が顔を出し、不審げな眸子をむけてきた。

半兵衛の名を出した途端、ころっと態度が変わり、急いで奥へ引っこむ。

入れかわりに、そそくさとあらわれた卯吉は、小柄で風采《ふうさい》のあがらない男だった。唇もとに笑みを湛えながらも、目だけは笑っていない。

藪睨みの異名どおり、目つきのわるい男だ。

「八尾さまには、いつもお世話になっておりやす」

「聞いたぞ。なんでも、暮れに鼈を釣りあげたとか」

「へへ、兎が亀を提げてきやがった。洒落《しゃれ》が利いてるじゃねえかと、八尾さまはたいそうお喜びになられやしてね」

「そうかい。ところで、おりんという巾着切は知らぬか」

「へ」

単刀直入に糺《ただ》すと、卯吉はことばに詰まった。

「知っておるのだな」

「ええ、まあ。旦那はおりんとはどういう」

「父親の友人だ」

「げっ、おりんに父があったんですかい」

「ああ、娘に逢いたがっておる」

「そいつはまずいな。いえね、おりんは厄介な連中と関わっちまったんでさあ」

「厄介な連中」

「へえ、おりんには音次《おとじ》っていう情夫《いろ》がおりやす。こいつが箸にも棒にも掛からねえ半端者の遊び人でして、呑む打つ買うはあたりまえ、仕舞いにゃ溜池の五両一（高利貸し）から高利の金を借りちまった」

その借り入れ証文を、音次はおりんにすらせたというのである。

「相手は阿漕《あこぎ》な五両一の源五郎《げんごろう》、蝮《まむし》の異名をとるしつけえ野郎だ。是枝錠之助《これえだじようのすけ》っていう腕っぷしの勁《つえ》え用心棒も飼っていやがる。証文がねえことを楯に音次がしかとをこいても、やつらにゃ通用しねえ」

「そうはいっても、無い袖は振れまい」

「旦那あ、やつらも莫迦じゃねえ。借金が返せねえようなら、おりんを岡場所へ売っぱらっちまう腹だ。音次は見せしめに、両耳と鼻を殺《そ》ぎおとされるにちげえねえ」

「卯吉よ、おぬしの力量で何とかならぬのか」

「そいつは無理ってもんだ。おりんにゃ貸しはあっても、借りはこれっぽっちもねえ」

九年前、実家の袋物屋が潰れ、母親も心労で逝った直後、おりんは遊里へ売られそうになった。そこへ、救いの手を差しのべたのが、袋物とは縁の深い巾着切の卯吉であった。

「あの娘にゃ生来の勘の良さがありやしてね、へへ、あっしが指技を一から十まで教えこんだんでさあ」

卯吉は得意げに胸を張る。

「巾着切も自慢のできる渡世じゃねえが、岡場所の女になるよりゃましでしょう。あっしが知るかぎり、江戸に数ある巾着切のなかでも、今はおりんがいちばんだ。けどねえ、旦那、あっしらの稼ぎなんざ雀《すずめ》の涙もいいとこでさあ」

巾着切の仲間内では、重い金をすってはならないという不文律《きまり》があった。小判ならせいぜい三両、ほとんどは小粒金だという。

「それも、貧乏人からは盗まねえ。ちゃらちゃらした金持ち連中か、ふんぞりけえった侍しか狙わねえ」

三左衛門は、おりんの艶やかな笑顔をおもいおこした。

鬢替神事のときは損料屋に借りた式服のせいで、ふんぞりかえった侍にしか見えなかったのだろうか。気が滅入ってくる。

「ま、そういった事情でね。旦那が八尾さまのお知りあいでも、これぱっかしはどうしようもねえ」

「わかったよ」

三左衛門は五両一の所在を聞き、あっさり袖をひるがえした。

黒船町から溜池までは遠いので、猪牙《ちょき》をつかうしかあるまい。

時刻は巳《み》ノ四つ半（午前十一時）を過ぎ、腹の虫が鳴りはじめた。

六

溜池の桐畑で担ぎ屋台をみつけ、十六文の掛け蕎麦一杯で空腹を充たした。

濠端の根雪は溶けかけ、斑雪《はだれゆき》になりつつある。

卯吉に聞いた屋敷は桐畑を過ぎ、赤坂田町《あかさかたまち》五丁目の角にあった。

「たのもう」

敷居を跨いで暗がりを窺《うかが》うと、運良く当人の源五郎が応対に出てきた。

ずんぐりとした猪首《いくび》の男で、年齢は四十を越えたあたりか。

面は膨《ふく》れた饅頭《まんじゅう》のように肉厚だが、目つきは鋭い。

「ご用件はなんでやしょう」

意外にも丁重な態度で畏《かしこ》まってみせる。

こうした手合いが、いちばん危ない。

「源五郎さんかい」

「さいですが」

「口入屋《くちいれや》で聞いてきた。雇ってほしい」

「ほう」

源五郎は板間に立ったまま、噛んでふくめるように喋りだす。

「うちらの稼業は生半可《なまはんか》じゃつとまりやせんぜ。脅しに賺《すか》し、ときにゃ手荒いまねもしていただかなくちゃならねえ」

「承知しておる」

「おたくの風体じゃ、ちょいと無理だなあ……なぜって、面が優しすぎやすぜ。初手は相手を見た目で脅しつけるってのが、この稼業の鉄則なんでね」

源五郎はせせら笑い、ぱんぱんと手を打った。

「へえい」

重厚な声音とともに、雲をつくような禿頭《とくとう》の大男がのっそりあらわれた。

「へへ、こいつは舜慶《しゅんけい》、百人力の化け物だよ。こんなやつじゃねえと、うちらの稼業はつとまらねえのさ」

「なるほどな」

説得力がある。

だが、三左衛門はすこしも怯《ひる》まず、つっと化け物の面前へ身を寄せた。

「舜慶とやら、おぬし、褌《ふんどし》を締めておるか」

「あんだと」

「いいから応えろ。締めておるのか、おらぬのか」

「んなもんは締めてねえ」

「さようか、ならば一物を斬らせてもらう」

「なぬ」

「とあっ」

三左衛門は身を沈め、越前康継の脇差を鞘走《さやばし》らせた。

下段から抜きうちに薙《な》ぎ、何事もなかったように鞘へおさめる。

きいんと、冴《さ》えた鍔鳴《つばな》りが尾を曳《ひ》いた。

刹那《せつな》、舜慶の帯がぷつんと切れた。

「ぬおっ」

着物のまえがはだけ、縮みあがった睾丸《こうがん》と存外に短い竿《さお》が露《あらわ》になった。

大男は禿頭に膏汗《あぶらあせ》を滲《にじ》ませ、外股《がにまた》でがたがた震えだす。

突如、凄まじい勢いで放尿しはじめた。

源五郎は呆気にとられたまま、土間に弾かれる小便を凝視めている。

三左衛門は、悠揚と言いはなった。

「どうだ、こんな木偶《でく》の坊《ぼう》より、わしのほうが役に立つぞ」

「ち、ちげえねえ。是枝先生にも見劣りのしねえ腕前だぜ」

「是枝先生とは」

「うちらの用心棒でさ。甲源一刀流《こうげんいっとうりゅう》の達人でしてね」

「甲源一刀流といえば、胴斬りか」

「さいでがす。厄介事のときだけ出張《でば》っていただきやす」

「楽な仕事だな」

「とんでもねえ。先生はその場でばっさり殺《や》っちまうんだ。それこそ、胴をふたつにされた野郎を、この目で何人みてきたことか」

「ふうん」

「昼の日中から平川町《ひらかわちょう》あたりのももんじ屋にしけこみ、呼びにやりゃ、先生は酒臭え息を吐きながらやってきやす」

指図された場所へふらりとむかい、死相の漾《ただよ》う蒼白い顔でいとも簡単に人を斬るのだという。

「いましがたも、用事をひとつお願いしたところでさあ」

「厄介事か」

「へえ、相手は音次っていう半端物でね、借りた金をひと月余りも返さねえうえ

に、下手な小細工を打ちやがった。なんと、巾着切の情婦《いろ》に証文をすらせたんで

さあ。すられたのは、ここにいる舜慶のやつなんだが」

薬研堀の裏長屋へ借金の催促にむかった帰り道、木偶《でく》の坊はおりんに貸付証文

をすりとられた。あまりに見事な手際の良さだったので、しばらくは気づくこと

すらできなかったという。

三左衛門は眉ひとつ動かさず、黙然と耳をかたむけた。

「へへ、女の正体がわかるまでにゃ、けっこう苦労しやしたぜ。まさか、音次の

情婦が巾着切だったとはね」

「音次を殺るのか」

「是枝先生にゃ、両耳と鼻を殺ぐだけで充分だとお願いしやしたよ。けど、あの

先生のこった、どうなることやら」

「女はどうする」

「金に換えまさあ」

「女衒《ぜげん》に売るのか」

「もちろん、ただじゃ渡さねえ。女にも落とし前をつけてもらう」

「落とし前」

「右の人差し指をね、ちょんと切っちまうんですよ。そうすりゃ、二度と莫迦なまねはできねえでしょ、へへ」

「指のない女を女衒が買うかな」

「遊里じゃ心中立てが大流行ですぜ。指のひとつやふたつ、蠟細工《ろうざいく》でいくらでもこさえることができやす」

「おもしろい。その仕事、わしにやらせてくれぬか」

「おめえさんが」

「初仕事にちょうどよい」

「だけど、是枝先生にたのんじまったしなあ」

「うまくごまかせ」

「初仕事ってことで安く請けていただけやすかい。そんなら、はなしてみやすけど」

「よかろう」

はなしはまとまった。

是枝錠之助なる遣い手は気になるが、まずは思惑どおりに事はすすんだ。

「旦那、五両一の借金取りは、袖乞いと似ておりやす」

「ん、どういうことだ」

「三日やったらやめられねえってことですよ、ふへへ」

源五郎は肩を揺すって嗤《わら》う。

あながち、はずれてはおるまいと、三左衛門はおもった。

七

深更《よふけ》、三左衛門は舜慶とともに、薬研堀へむかった。

「おい、禿頭を晒《さら》して寒くはないのか」

「うるせえ、余計なお世話だ」

舜慶は失禁《しっきん》させられたことを根にもち、三左衛門を嫌っていた。

別に好かれたくはない。いざとなれば、斬らねばならぬ相手なのだ。

裏木戸をくぐって庇間《ひあわい》をすすむと、おりんの部屋からは行燈の灯りが漏れていた。

「いやがるぜ」

「そのようだな」

「音次がいっしょなら、その場でやってくれ」

「耳と鼻を殺ぐのか」

「ああ」

「女だけならどうする」

「痛めつけて、音次の居場所を吐かせるさ」

「わかった」

と請けあいつつも、三左衛門にやる気はない。

おりんの言い分を聞いたうえで、動き方を決めるつもりだった。

複雑な心境ではある。高利貸しに騙《だま》された善人ならば、迷わずに救うこともできよう。が、半端者の音次は鼻を殺がれても文句は言えず、半端者に惚《ほ》れたおりんも世間の常識では同罪とみなされる。借金のかたに売りとばされても、自業自得といえばそれまでなのだ。

にもかかわらず、なんとかしてやりたいと、三左衛門はおもった。

秋本伴之進から転落の経緯を聞いてしまったせいか。いずれにしろ、鷽替神事でうっかり財布をすられたことが、すべてのはじまりだった。

――大吉の運を取りもどすため。

などと、半兵衛には言い訳したが、こうして爪先まで凍らせ、おりんのもとを訪れたのは、お節介焼きの虫が疼《うず》いたからにほかならない。

「いくぜ」

舜慶は肩を怒らせ、暗がりから躍りだした。

三左衛門は俯《うつむ》き、影のようにつきしたがう。

「ごめんよ」

一抹《いちまつ》の躊躇もなく、舜慶は障子戸を引きあけた。

「あっ」

おりんが縫い物の手を止め、鹿《しか》のような眸子を瞠《みは》った。

「五両一の手先が何の用だい」

「音次はいねえのか」

「ふん、あんな野郎は疾《と》うに縁を切ってやったさ」

土間に立つ舜慶を見上げ、おりんは鋭い啖呵を切った。

「音次の借りた五両にゃ一分の利息をつけ、源五郎に返したはずだよ。いまさら、何の用だい」

「五両と一分じゃ足りねえのよ。音次が借りた烏金《からすがね》、借りた日の翌朝、明け烏が鳴くまでに元金を返してもらわねえことにゃ、日歩の利子はどんどん膨らむって寸法さあ。ひと月も経ちゃあな、五両は五十両になっちまうんだぜ」

「冗談じゃない。味噌汁で顔を洗って出直してくるんだね」

「そうはいかねえ。こっちも忙しい身なんでな」

「だったら証文をみせな。どこに烏金なんぞと書いてあんだい」

「女狐め、尻尾を出しやがったな。おめえにゃ証文をみせた記憶はねえぜ。なんで中味を知ってんだ。ふへへへ」

舜慶は赤い口をあけて嗤い、禿頭を撫であげる。

そして、上がり框《かまち》を乗りこえるや、おりんの細腕を搦《から》めとった。

「なにすんだよ、この木偶の坊」

「おめえの正体は疾うにばれてんだぜ、え、巾着切の姐さんよ。おれの袖口から、よくも証文をすりやがったな」

「こんちくしょう」

「源五郎の旦那は、たしかに、おめえから五両と一分を受けとった。そいつは一昨日《おとつい》のはなしよ。おめえが嘗めたまねをしなきゃ、それで済んでいたかもしれねえ。がよ、世の中ってのはそんなに甘《あめ》えもんじゃねえんだ。へへ、五十両返せとは言わねえ。おめえが身を売りゃ、それでちゃらにしてやるぜ」

「きたないよ、あんたら」

「いまさら、じたばたしてもしょうがねえや、なあ」

舜慶はおりんを背後から押さえつけ、右腕を高々と捻じあげた。

三左衛門は戸口に佇《たたず》み、石のように動かない。

「放しやがれ、痛いじゃないか」

「音次の居場所を吐きな、知ってんだろう」

「そこいらの鉄火場か遊女屋さ。いちいちおぼえちゃいないよ。放しやがれ、この禿げ」

「あんだと」

舜慶はおりんの右手人差し指と中指を摑み、小枝でも折るように第二関節からへし折った。

「ひっ、ひぇえええ」

帛《きぬ》を裂くような悲鳴が、長屋じゅうに響きわたる。

それでも、三左衛門は動こうとしない。

おりんは右手を胸に抱えて蹲《うずくま》り、必死に痛みを怺《こら》えている。

こめかみに滲んだ膏汗が、頰を伝って流れおちた。

「へん、ざまあみやがれ」

舜慶は悪態を吐き、おりんの顎を引きあげた。

「もういちど聞くぜ、音次の居場所は」

「だ……だから、し……知らないって言ったろ」

「しぶてえ女だ」

舜慶は八つ手《やで》のような掌で、おりんの頰を叩いた。

「くっ」

おりんは鼻血を垂らしながら、妙な方向に折れまがった二本の指を左手で摑む。

えいとばかりに、指をもとにもどした。

その途端にまた悲鳴をあげ、鞴《ふいご》のように肩で息をしはじめる。

舜慶は懐中に手を突っこみ、しゅっと匕首《あいくち》を抜いた。

「な、なにすんのさ」

「土産に人差し指を貰うぜ」

「なんであたしが……ゆ、指を詰められなきゃいけないんだよ」

「音次を怨《うら》むんだな」

「やめとくれ、後生《ごしょう》だから……やめとくれ」

どれだけ叫ぼうが、舜慶の膂力《りょりょく》に抵抗する術《すべ》はない。

おりんは右手首を摑まれ、震える指の付け根に刃を当てられた。

「覚悟はいいか」

おもわず目を瞑《つむ》った刹那、すとんと指が落ちた。

と、おもいきや、舜慶のほうが血泡を吹き、顔から畳に落ちてゆく。

「うひゃっ」

おりんは仰天《ぎょうてん》し、胸を仰《の》けぞらせた。

いつのまにか、眼前に三左衛門が仁王立ちしている。

見事な手捌《てさば》きで、脇差を黒鞘におさめたところだ。

「き、斬っちまったのかい」

「心配いたすな、脳天に峰打ちを食らわせただけさ」

おりんは肩を撫でおろし、指の痛みに顔を歪めながら口を尖らせた。

「あんた、五両一の片棒担ぎじゃないのかい。なんだって助けんのさ」

「この顔に見覚えはないか」

「え」

「どこにでもあるような顔だからな、忘れるのも無理はない」

「あっ」

「おもいだしたか」

「黒部さまのお屋敷で」

「さよう、おぬしは下駄の雪取りを、な」

「それがまた、何で」

「黒部屋敷での出逢いは二度目のこと、そのまえにも遇《あ》っておる。おぼえてはおるまい、亀戸天神の鷽替だ。おぬしには痛い目に遭わされた」

「もしかしたら、大吉のおみくじのお侍さまですか」

「女房にせっつかれてな、大吉を取りもどしにまいったのよ」

わせた。


「す、すみません」

おりんは畳に額《ぬか》ずき、いっこうに手をあげない。かたわらの舜慶が「ううん」と寝返りを打ったので、三左衛門は当て身を食らわせた。

「おりんよ、音次とはまことに切れたのか」

「は、はい。あんな男に惚れたあたしが莫迦でした」

おりんはそれにやっと気づき、源五郎への借金返済を肩代わりしてやったという。

「肩代わりを条件に、二度と顔を出さないと音次に約束させたんです」

返済すべき金額は五両と一分、それがきちんと返済されたことなど、源五郎はひとことも口にしなかった。小汚い野郎だ。むかっ腹が立ってくる。

「おりんよ、五両一分もの金をどうやって工面したのだ、巾着切で稼いだのか」

「いいえ、あれは踊り指南の謝儀。黒部の奥方さまにつつみかくさず経緯を申しあげ、半年ぶんを前倒しで用立てていただきました」

「ずいぶん、はなしのわかる奥方だな」

「これには深い事情があります」

「雪兎か」

「え」

幼いころ、自分は黒部屋敷に暮らしていた。涙ながらに転落の経緯を告白すれば、たいていのものなら同情を禁じ得ないだろう。

「巾着切はやめたのか」

「は、はい」

路傍に雪兎をみつけ、こころを入れかえようとおもったと、おりんは言う。

「それなら、亀戸の天神さんも大目にみてくれるだろうさ」

「なぜ、雪兎のことを」

「下谷同朋町の界隈では、微笑仏のごとき雪兎が評判になっておる。わしの知りあいで、めったに人のことを褒めぬ頑固者《がんこもの》の隠居がおってな、その隠居までが雪兎の旦那に逢ってみたいとせがむのよ。はあて、逢わせるか否か、わしは迷っておる。なにせ、雪兎の旦那は筋金入りの人嫌いでな」

「もしや、そのお方をご存知なので」

「知っておるとも」

「なぜ、なぜですか」

「大吉がみちびいた因縁であろうよ。人嫌いの旦那は事に寄せては江戸へ舞いもどり、可愛い娘の成長を遠くから見守っておった。されど、うらぶれた身なりを見られたくはなかったのだ。死ぬまえにたった一度でいい、娘に逢って詫びたいと申されてな」

「父上が……ま、まことですか」

「そうさ。わしの女房が引きあてた運は、おぬしの手に渡った。運をつかいたいのなら、大吉のおみくじを返してもらう必要はない」

おりんは、頭を垂れた。

三左衛門は舜慶を後ろ手に縛りあげ、頬を平手で打った。

「よし、あと半刻は起きぬ。知りあいの不浄役人に事情を告げ、こやつを引ったてもらおう。蝮の源五郎も、明け烏が鳴くまでにゃ縄を打たれるだろうさ」

法外な高利での貸付は御法度《ごはっと》、すくなくとも、江戸所払《ところばら》いの沙汰《さた》は免れまい。

「わたしは、どうすれば」

「ここを引きはらったほうが賢明だろう。さすれば音次も訪ねようがなくなる。いつか訪ねてきてほしいという淡い期待も、もしあるのなら、きっぱり捨てさることができるぞ」

「でも、行くところがありません」

「手っとり早く荷物をまとめ、柳橋の夕月楼を訪ねてみろ」

「夕月楼」

「はなしはとおしておく。主人の金兵衛は面倒見の良い男だ」

おりんはことばもなく、涙ぐんでいる。

三左衛門は土間に降り、戸口へむかった。

「あの、もし、あなたさまは、どういうお方なのですか」

「わしか、江戸で一番と評判の巾着切に運を盗まれた男さ。ふはっ」

豪快に笑いあげるつもりが、三左衛門はくしゃみを放った。

八

風が強まってきた。

薄く積もった帷子《かたびら》の雪が、地吹雪《じふぶき》のように舞っている。

――そばぁうーい。

辻の暗がりから、夜鷹《よたか》蕎麦屋の鳴きが聞こえてきた。

蕎麦屋の掛け行燈を遠目に眺め、三左衛門は足を速める。

辻をひょいと曲がった途端、尋常ならざる気配が立った。

「おい、待て」

暗闇から声を掛けられ、背中に寒気が走る。

「浅間三左衛門とかいう野良犬は、うぬか」

「何者だ」

「ふっ、稼ぎを掠めとられた男よ」

「甲源一刀流、是枝錠之助だな」

「さよう、うぬに土産がある」

是枝は暗がりから白い腕を差しだし、ぼそっと肉片を投げた。

雪上が、ぱっと赤く染まった。

よくみれば、人の耳と鼻が落ちている。

「音次か」

「これはわしの仕事、横取りはさせぬ」

「よほど、人を斬るのが好きらしいな」

「三度の飯よりも好きさ」

「なぜだ」

「好き嫌いに理由などいらぬ。死にゆく者の断末魔《だんまつま》は、わしにとって子守歌のようなものでな、人斬りは天職とおもうておる」

「音次の借りた金は五両、利子の一分を付けて返済は終わっておったはずだぞ」

「金を返そうが返すまいが、死ぬやつは死ぬ」

「音次を殺ったのか」

「胴をまっぷたつにな。血抜きしておらぬ胴は、さすがにすっぱりとは斬れぬ」

「外道《げどう》め」

「わしは外道よ。狙った獲物は外さぬ」

是枝は大胆に間合いを詰め、刀を抜きはなつ。

「けえ……っ」

前触れもなく、胴斬りがきた。

咄嗟に腹をへこませたが、鋭利な鋩《きつさき》で脾腹《ひばら》を掻かれた。

肉を浅く剔《えぐ》られ、強烈な痛みが走る。

さいわい、筋は断たれていない。

それでも、夥《おびただ》しい血が三左衛門の着物を濡らした。

手傷を負ったのは、何年ぶりであろうか。

「ふふ、躱《かわ》したな、おぬしがはじめてだ」

是枝は毛臑《けずね》を剝き、蒼白い顔をみせた。

金壺眸子《かなつぼまなこ》に無精髭《ぶしょうひげ》、頰の瘦《こ》けた野良犬である。

「源五郎が申しておったぞ。禿げ坊主を縮みあがらせたほどの凄腕らしいな」

「たいしたことはない」

「地獄へ逝っても、そうやって謙遜《けんそん》するつもりか」

「さあな」

「わしなら閻魔《えんま》を斬ってやる」

「罰当《ばちあ》たりなやつめ、それほど地獄へ逝きたいのか」

「ああ、逝きたい。わしは死に場所をさがしておってな。ところが、わしを斬ってくれる男がいっこうにあらわれぬのよ」

「勁すぎるのも、考えものだな」

「うぬはすこしは期待できそうだ。抜け」

「いやだね」

「居合をつかうのか」

「さあな」

三左衛門の荒い息は、吐いたそばから凍りついた。
ふと、気づけば、夜鷹蕎麦の軒行燈が消えている。
ひらいた傷口からは血が滴《したた》り、足許の雪を真紅に染めていった。
わずかに、頭がふらついた。
決めねばならぬ。
斬るのか、斬られるのか、選ぶべき道はふたつにひとつしかない。
「けえ……っ」
必殺の突きが、中段から迫った。
胸先で躱したところへ、袈裟《けさ》懸《が》けがくる。
これも鬢《びん》で躱すや、こんどは水平斬りがきた。
——ひゅん。
刃音が唸り、漆黒の闇を裂いた。
三左衛門は瞬時に反転し、大刀を抜きはなつ。
抜きはなった勢いのまま、相手の顔面へ投擲《とうてき》する。
「おっ」
是枝は首を振り、白刃を薙ぎあげた。

鋼《はがね》と鋼の弾きあう音もせず、火花も散らない。

「な、竹光か」

是枝は驚いたように気息を漏らし、八相《はっそう》に刀をもちあげた。

が、遅かった。

懐中へ飛びこんだ三左衛門の手には、越前康継の脇差が握られている。

一条の白い閃光が走りぬけた。

ふたつの影が交錯し、ぴたりと動きを止める。

「くっ」

是枝は双眸《そうぼう》を瞠《みは》ったまま、顎をがくがく震わせはじめた。

刹那、柄を握った左右の腕が、肘のあたりからぼそっと落ちた。

輪切りにされた斬り口から、血飛沫《ちしぶき》が噴きだしてくる。

「う、うわあああ」

突如、是枝は悲鳴をあげた。

生まれてはじめて、死の恐怖を味わっているのだろう。

是枝は血を撒きちらしながら駈けまわり、雪道に足をとられて倒れこんだ。

「外道め」

三左衛門は樋《ひ》に溜まった血を振り、刃を鞘におさめる。

襤褸屑《ぼろくず》のようになりはてた是枝のもとへ、静かに歩みよった。

「むう……くそっ」

両腕を失っても、是枝はまだ生きている。

充血した眸子を剝き、三左衛門を睨みつけた。

「は、はやく……とどめを刺せ」

「いいや、それはできぬ相談だ」

「ん……なぜ」

「運があれば生きのびよう。生きのびたあかつきには、死んでいったものたちの供養をすることだ」

三左衛門は振りむきもせず、大股で歩みさった。

「ま、待て……こ、殺せ、殺してくれ」

是枝が雪上を這《は》いずり、必死に叫びかけてくる。

死ねばこれほど楽なことはあるまい。

来し方の罪業を贖《あがな》うべく、生きつづけるがよかろう。

悪党の痛切な叫びは、風音に搔きけされていった。

九

江戸は涅槃雪《ねはんゆき》をさいごに、雪解けの季節を迎えた。

不忍池の睡蓮《すいれん》は水面《みなも》へ芽を出し、池畔《ちはん》では芹《せり》が萌《も》えはじめている。

堀川の水もすっかり温《ぬる》み、細流には鮒《ふな》たちが元気よく泳いでいた。

満開の梅が春雨に烟《けむ》るなか、三左衛門は夕月楼の門前で八尾半兵衛を迎えた。

「お待ち申しあげておりましたぞ。おつやどのは」

「こなんだわ。人前に出るのが気恥ずかしいのよ」

「ならば、これを土産にどうぞ」

「なんじゃ、芋か」

「いいえ、おまつのこしらえた牡丹餅《ぼたもち》と精進揚《しょうじんあ》げですよ」

「彼岸じゃからな。ほほう、美味《うま》そうではないか」

「美味いですよ」

「それにしても、おぬしのごとき山出し者が、昼餉《ひるげ》に柳橋で一席設けてくれるとはのお。久方ぶりの茶屋遊びじゃ、羽を伸ばすとするか」

「羽ではなく、鼻のしたを伸ばすのでしょうが」

「ふわっ、おぬしも冗談が言えるようになったか」

「さ、まいりましょう。みなさんがお待ちかねです」

三左衛門は浮かれ調子の半兵衛をともない、楼内の二階奥座敷へむかった。

廊下でふたりを迎えたのは主人の金兵衛と、それから、六尺豊かな偉丈夫《いじょうふ》の八尾半四郎である。

「伯父上、すっかりごぶさたしております」

いつもは威勢の良い半四郎も、今日だけは借りてきた猫のようにおとなしい。

「おう、生きておったか。なにやら、手柄をあげたと聞いたが」

「けちな五両一の一味を捕まえました。浅間どののおかげですよ」

「なあんだ、小悪党か。半四郎よ、もっとでかい獲物を狙え。さもないと、一生、定廻りで終わるぞ」

「は、肝に銘《はよ》じておきます」

「そのまえに早う嫁をもらえ。十分一屋のおまつどのに迷惑を掛けておるようではないか」

「されど、これればかりは」

あたまを掻く半四郎の脇を擦りぬけ、半兵衛は座敷へ踏みこんだ。

「あっ、八尾さま。首を長くしてお待ちしておりやしたよ。へへ、この鼈みてえにね」

愛想笑いを泛べるのは、黒船町からやってきた藪睨みの卯吉である。

主人の金兵衛が、横からことばを接いだ。

「手前は白味噌で兎汁でもどうかと申しあげたのですが、卯吉さんがご自身で鼈を釣ってこられましてね」

「ご主人、そりゃねえや。あっしは八尾のご隠居さまに命じられ、朝っぱらから山谷堀《さんやぼり》くんだりまで出向いたんですぜ」

大鍋が煮え、白い湯気をあげていた。

食われる運命にある鼈は、無警戒にも、甲羅《こうら》から首と手足を出している。

卯吉は包丁を手に取り、馴れた仕種で鼈の首を切った。

血を搾《しぼ》り、甲羅《こうら》を剝いで肉をぶつ切りにする。

あとは乱切り野菜ともども、煮込んでしまえばそれでよい。

「仕上げは雑炊《ぞうすい》じゃ」

「伯父上、気が早うございますぞ」

「おう、そうじゃったな、半四郎」

座敷にはもうひとり、見馴れない男が座っている。月代《さかやき》をさっぱりさせ、損料屋の黒紋付を羽織っているのだが、顔の皺の一本一本に苦労の痕跡が刻まれていた。

「雪兎の旦那か」

半兵衛は瞳をかがやかせ、三左衛門に同意をもとめた。

「いかにも、あちらが雪兎の旦那、秋本伴之進どのです」

半兵衛は膝をすすめ、秋本と挨拶を交わしあった。

そしてすぐさま、旧知の仲のように打ち解け、宴席がはじまった。

ただ、秋本はどうにも落ちつかない様子で、しきりに厠《かわや》へ立った。

宴席に招かれた理由は察しているのだが、明確な説明を受けたわけではない。いざという段になって、娘が父との再会を拒むことも充分に考えられた。そのうえ、三左衛門の口から、おりんが指を折られた経緯を報されていたこともあって、鬱勃《うつぼつ》とした心境から逃れられないようだった。

そんな秋本を余所《よそ》に、周囲は陽気に騒ぎたてた。

昼間から注ぎつ注がれつ酒を酌《く》みかわし、鼈鍋に舌鼓《したつづみ》を打つ。これほどの贅沢もあるまいと喜んでいるところへ、置屋から呼んだ芸者衆がくわわるや、座は一気に華やいだものへとなりかわった。

宴もたけなわになったころ、金兵衛が太鼓持ちとなり、おもむろに自慢の咽喉《のど》を披露しはじめた。

「雪は溶けたが溶けないものは親の未練と子の情け、父と娘の絆《きずな》をば結んだ手柄の雪兎……」

節回しは流行歌《はやりうた》のようだが、一同は歌詞を聞きながら、しんみりと押しだまる。

「……梅も咲いたか春隣、水も温《ぬる》んだこの時季に、ひとさし舞って進ぜよう。ささ、みなみなさま、長らくお待ちどおさまにございまする、今日というめでたき日の余興に、艶《えん》なる舞いをご覧《ろう》じくだされませ」

金兵衛が手を打つと、奥の四枚襖《ふすま》が音もなくひらかれた。

賑やかな出囃子《でばやし》ともども、黒い下げ髪の踊り子が登場する。

「あっ」

と、秋本が叫んだ。

小袖は紅白地に梅尽くし肩裾模様の友禅染《ゆうぜんぞめ》、帯は紅地に破れ毘沙門亀甲《びしゃもんきっこう》、豪奢《ごうしゃ》な衣装に身をつつんだ踊り子は、誰あろう、おりんにほかならない。

濃く化粧《けわい》された面《おもて》のなかで、真紅の唇もとが鮮やかに映えていた。

おりんは舞台の中央で膝をたたみ、表情も変えずに三つ指をついてみせる。

舜慶に折られた二本の指がわずかに震えているのは、誰の目にもわかった。

痛みを怺えているのではなく、おりんは胸に迫《せ》りあがる気持ちを抑えこむのに必死なのだ。

秋本にしてみれば、おりんはいつまでも幼い愛娘にすぎない。

おりんにとっての秋本は、心優しい父親にほかならなかった。

父と娘のあいだには、ことばでは到底言い尽くせぬ時の重みが横たわっている。おりんは晴れがましく踊ってみせることで、父親への思慕《おもい》を伝えたいのだろう。

「でかしたぞ」

半兵衛が扇子《せんす》の尻で三左衛門の膝を叩いた。

秋本伴之進は声もなく、滂沱《ぼうだ》の涙を流している。

白芸者の奏《かな》でる三味線《しゃみせん》の音色に合わせ、おりんは艶《あで》やかに舞いはじめた。

役者買い

一

桜の花が咲くころは、弥生狂言《やよいきようげん》の季節でもある。

照降町の住人には、なにしろ芝居好きがおおい。

橋を一本渡ればそこは芝居町《しばいまち》、葺屋町《ふきやちよう》には市村座《いちむらざ》があり、堺町《さかいちよう》には中村座《なかむらざ》がある。ことに三月は、宿下がりの御殿女中たちがこぞって繰りだすので、芝居町は十一月の顔見世興行につぐ華やかさに彩られる。

無論、桟敷《さじき》や高土間の枡《ます》といった上等な席に座るものはいない。

せいぜいが土間の最前列の切落とし、ほとんどは十文で観劇できる大向こうの客ときまっている。

「おっかさん、十文ちょうだい」

初日三日の前日、おすずはそわそわしながら、おまつに木戸銭をせがんだ。

「しょうがないねえ」

おまつは愛娘の願いを聞きいれ、いつもきまって、三左衛門に伴を押しつける。

弥生狂言の演目《だしもの》は宿下がりの上客を当てこみ、たいていは奥女中ものときまっていた。

「鏡山《かがみやま》だの先代萩《せんだいはぎ》だの、お軽勘平《かるかんぺい》の道行きだの、あたしゃどろどろした奥女中ものが嫌いでね、花見時なら断然、團十郎《だんじゅうろう》の助六《すけろく》がいい。それも花道脇の枡に陣取って、かぶりつきで出端《では》を観なきゃね」

土間の枡席は五人詰めで存外に狭いが、ひと枡一分と値は張る。

長屋住まいではまず、そうした贅沢《ぜいたく》はできない。

おまつは糸屋の娘時代をおもいだし、金銭に不安がなかったあのころが懐かしいと、遠い目をしてつぶやくのである。

三左衛門は眠い目を擦り、おすずの手を引いて芝居町へ出向いた。

日の出もまだ遠い丑《うし》ノ八つ（午前二時）あたりから、鼠木戸《ねずみきど》の周辺は押すな押すなの騒ぎになる。大看板を背にした木戸芸者が配役などの言立《ことだて》をするのだ。

「桜鼠《さくらねず》の長裃《なががみしも》に眉間《みけん》の傷は仁木弾正《につきだんじよう》、妖術つかいの悪漢を演じる名題《なだい》はご存知、板東三津五郎《ばんどうみつごろう》……哀れ忠義をつらぬきとおし、我が子を死なせる乳母《うば》政岡《まさおか》、愁嘆場《しゆうたんば》のくどきを演じきるは、立女形《たておやま》の瀬川菊之丞《せがわきくのじよう》にござりまあす」

白塗りの木戸芸者は役者の声色をまね、興をそそる口上を述べたてる。

さらに一刻（二時間）が過ぎて寅《とら》ノ七つ（午前四時）になれば、一番太鼓《だいこ》が鳴りひびき、切落としや向こう桟敷の札が一斉に売りだされる。この日のために髪を結い、着物まで新調した町屋の女房たちもちらほらみえはじめ、軒提灯《のきぢようちん》をぶらさげた大小の芝居茶屋もにわかに活気づく。

三左衛門は通しではなく、一幕見の札を手に入れた。

一幕見は十六文と格安で、舞台隅の羅漢台《らかんだい》が指定席だ。

七つを過ぎ、頬に冷たいものが落ちてきた。

おすずは雨に濡れながらも、瞳《ひとみ》を好奇の色にかがやかせている。

明け六つ、白々と空が明けはじめると、いよいよ、御殿女中たちが贔屓《ひいき》の芝居茶屋からお出ましになる。

茶屋から小屋への短い道中、女中たちは妍《けん》を競うように雨の大路をすすむ。位のあるものがお付きをしたがえて堂々と歩む様子は、花魁道中《おいらんどうちゅう》と見紛うほどの豪華さで、着飾った女中たちを眺めるべく、おすずは三左衛門に肩車《みまご》をせがんだ。

「おっちゃん、あのお方は誰」

おすずの指差すさきに、艶《あで》やかな御殿女中の一団がゆったり近づいてきた。

「さあ、知らぬなあ」

首をひねると、かたわらの見知らぬ男が教えてくれた。

「ありゃな、お美代《みよ》の方のお局《つぼね》で磯島《いそしま》さま、それに多聞《たもん》のお女中たちだよ」

大奥《おおおく》を牛耳《ぎゅうじ》るお美代の方ならば、江戸で知らぬものはいない。将軍家斉《いえなり》の寵《ちょう》愛《あい》を受け、三人の姫を産んだ側室のことだ。実父の日啓《にっけい》は将軍家祈禱役《きとうやく》をつとめ、養父の中野清茂《なかのきよしげ》も御小納戸頭《おこなんどがしら》として多大な発言力をもち、一族郎党相つどって権力の中枢にある。

局は御年寄《おとしより》や御中臈《おちゅうろう》の部屋を切りもりする重職、町屋から多聞と呼ぶ娘たちを雇い、手足のごとく使う。お美代の方の信頼も篤《あつ》い磯島の威勢たるや、飛ぶ鳥を落とすほどのものにちがいない。

日の出とともに、二番太鼓が鳴りわたった。

芝居の幕開けである。

演目は雄藩のお家騒動に題材を採った伽羅先代萩《めいぼく》、乳母の政岡が若君の身代わりに実子を毒殺される「御殿の場」を観劇すべく、三左衛門とおすずは櫓下の鼠木戸をくぐった。

三座の芝居小屋はひろい。

壮麗な破風《はふ》に覆《おお》われた舞台を囲み、客席は東西十五間の桟敷に幅九間の向桟敷、桟敷下から舞台へつづく平土間は幅八間に奥行き十三間となっている。小屋内に一歩でも踏みこめば、誰もが彩色と熱気の渦に呑みこまれてしまう。

三左衛門とおすずは、下手《しもて》奥から舞台上の片隅にみちびかれた。

ほかにも客は何人かおり、客席側からは羅漢《らかん》がならんでいるようにみえる。

ゆえに羅漢台とも称する格安の席であったが、舞台上だけに臨場感はある。

肝心の役者たちはこちらに背をむけ、むしろ、客の顔のほうがよくみえた。

やはり、なんといっても目を惹《ひ》くのは、桟敷を占有する御殿女中たちである。

緋毛氈《ひもうせん》の掛けられた桟敷には酒肴膳《しゅこうぜん》がつぎからつぎへと運ばれ、まことに羨《うらや》ましいかぎりだった。なかでも、東桟敷の大半を占める磯島一行の派手やかさはきわだっている。

磯島のまわりでは、芝居茶屋の若い者たちがつねのように世話を焼いていた。木戸札の予約から待合い、幕間《まくあい》での休憩、芝居がはねたあとの遊興にいたるまで、気の利いた若い者がすべての仕切りを任されているのだ。

「あっ、又七」

そうした連中のなかに、三左衛門はおまつの実弟をみつけた。

青々と剃りあげた月代《さかやき》に細髷《ほそまげ》、色白の餅肌、一重《ひとえ》の吊り目に胡座《あぐら》を掻《か》いた鼻、やはり、どうみても又七である。不真面目を絵に描いたような男が「万《よろず》」と染めぬかれた仕着《しきせ》を纏《まと》い、甲斐甲斐《かいがい》しく立ちはたらいていた。

「めずらしいこともあるもんだ。雪が降るかもしれんぞ」

感心しながら客席を眺めつつ、羅漢となって舞台の隅に居座りつづける。

やがて、尻も痛くなってきたころ、舞台中央から立女形の決め科白《ぜりふ》が飛びこんできた。

「三千世界に子をもった親の心はみなひとつ……」

愁嘆場である。八つになった娘にも泣かせどころがわかるのか、おすずは目に涙を溜めている。客の啜《すす》り泣きが漣《さざなみ》となってひろがり、大向こうから威勢の良い掛け声も掛かってきた。

やんやの喝采《かっさい》が小屋じゅうに溢《あふ》れ、上手《かみて》から下手にむかって、黒、柿色、白の定式幕《じょうしきまく》が走りだす。幕が閉じきったとみるや、一幕見の羅漢たちはことごとく舞台から追いたてられた。

二

幕間で又七に声を掛けると、万休《まんきゅう》という茶屋で待っていてほしいと告げられた。

午《ひる》を過ぎても、雨はしとしと降りつづいている。

弥生清明《せいめい》に降る雨は杏花雨《きょうかう》、おすずは髪に杏《あんず》の花を挿《さ》してもらった。

薄紅色のゆかしい花を挿してくれたのは、役のつかない下回りの役者だった。

大路に軒をならべる芝居茶屋のなかでも、万休はひときわ大きな茶屋である。

見世の片隅におすずを座らせ、冷や酒をちびちび飲《や》っているところへ、月代を青々とさせた義弟がやってきた。

「うへえ、めえった。芝居茶屋ほど忙《せわ》しねえとこはねえな」

騒々しくあらわれ、大仰《おおぎょう》に溜息を吐いてみせる。役者でもないのに眉を抜いてとのえ、この男はいつも耳毛や鼻毛ばかりを気にしていた。潔癖性《けっぺきしょう》でおっちょこちょいの見栄っ張り、地道なことは大嫌いだが、なにかにつけて首を突っこまないではいられない。又七とは、そんな男だ。

「おまえ、万休で働いておるのか」

「そうさ、ちょいと知りあった木戸芸者の口利きでね」

数日前から、住みこみで働いているのだという。

「なにしろ人手が足りねえってんで、仕着を着せられたわけさ。どうでえ、鯔背《いなせ》だろう」

又七はひょいと裾をからげ、褌に食いこんだ自慢の尻を叩いた。

そして、おすずのあたまを撫で、背中に隠しもっていた水菓子を差しだす。

「ほれよ、おいちゃんの土産《みやげ》だぞ」

「ありがとう」

「よしよし、そこで食ってな」

「うん」

おすずが嬉しそうに水菓子を食べはじめると、又七は顔を寄せてきた。

「あにさん、呼びとめたのはほかでもねえ、ちびっと銭を貸してくれ」

「わしが持っておるとでも」

「姉さんに借りてくんねえかなあ」

「いくらだ」

「一両」

「小判かよ」

「おいらが使うんじゃねえ、だち公のためさ。さっきはなした木戸芸者だよ。高《た》瀬川《せがわ》松之丞《まつのじょう》といってね、鼠木戸んとこでみなかったかい」

「立女形の声色をまねておった優男《やさおとこ》か」

「そうそう、平常《ふだん》はどさまわりの緞帳役者《どんちょうやくしゃ》だけど、弥生狂言のときだけ木戸芸者に雇われるのさ」

「素姓の怪しい緞帳役者に泣きつかれ、ぽんと胸を叩いたってわけか。おっちょこちょいのおまえらしいな」

「働き口を紹介してもらった恩があんだぜ」

「松之丞とやらは一両を何に使う」

「さあ」

「知らずに貸すのか」

「どうせ、女か博打《ばくち》だろ。事情も聞かずに金を貸すのが、江戸者の俠気《おとこぎ》ってもんだ」

又七は細い吊り目を剝《む》き、小鼻をぷっと膨らます。

「一両か……これぱっかりはおまつ次第よ。わしの裁量ではどうにもならん」

「だったら、あにさんの腕を貸してくれ」

「なに」

「あにさんは小太刀の名人じゃねえか。そんじょそこらの野良犬とはわけがちがう」

万休の主人がさる贔屓客の警護役をさがしていると、又七は声をひそめた。

「なあに、だいそれた役目じゃねえ。たったひと晩、部屋の外でじっと座っているだけでいいんだ。それで三両になる」

「ほう、三両か」

「やる気になったかい」

「ご贔屓の客とは」

「大奥のお局さまだよ」

「磯島ではあるまいな」

「あたり」

嫌な予感がした。

又七はさらに顔を寄せてくる。

「三両のうちの二両をよこしてくれりゃいい。一両はあにさんの取り分さ」

「どういうことだ」

「二両は紹介料ってこと。じっと座っているだけで山吹色《やまぶきいろ》が手に入るんだぜ。なにも迷うことはあんめえ」

うまいはなしには、かならず裏がある。

「それだけ楽な仕事なら、やりたいものはいくらでもおろうが」

「誰にでもつとまる役じゃねえ。腕が立つうえに、口の堅《かて》え浪人じゃなきゃだめなのさ」

なぜ、浪人でなければならぬのか、そのあたりも釈然としない。

「あにさん、ともかく、万休の旦那にあってみてくんねえかなあ」

おすずが水菓子を食べおわり、こちらをじっと睨《にら》んでいる。

又七は三左衛門の返答も聞かず、八つの姪《めい》に笑いかけた。

「おすず、橋向こうまでひとりで帰れっか」

「うん」

「三左衛門のあにさんは急の用事で朝まで帰れねえ。そう、おっかさんに伝えんだぞ」

「うん、万休に千代田のお局さまがお忍びでいらっしゃる。お局さまの身を守れば、ひと晩で三両の稼ぎになると言うよ」

「こらっ、余計なことを喋るんじゃやねえ」

おすずはぺろっと舌を出し、鉄炮玉《てっぽうだま》のように外へ飛びだした。

「こまっしゃくれたちびだぜ、ったく」

「おすずは何でも知っておる。見くびったら痛い目に遭うぞ」

「へん、わかってらあ。あにさん、ともかくよ、あと半刻ほど待っててくれ。用事を済ましてくっからさ。じゃっ、たのんだぜ」

又七は尻のほっぺたを叩き、じんじん端折《ばしょ》りで駈けてゆく。

「おい」

背中へ呼びかけたところへ「はい、ご注文は」と、茶汲《ちゃく》み女がやってきた。

うっかり銚子を頼んだはいいが、呑み代が十文足りないことに気づく。注文を取りけすのも莫迦《ばか》らしく、三左衛門は茶屋の主人に面会する腹をきめた。

三

日没となっても、毛雨《けあめ》は降りつづいた。

床几《しょうぎ》のうえには、空の銚子が何本も転がっている。

又七はいっこうにあらわれず、替わりに声を掛けてきたのは、手代風の背の高い男だった。

「浅間三左衛門さまにござりましょうか」

「いかにも、そうだが」

「手前は割元《わりもと》の繁造《しげぞう》、帳元《ちょうもと》の長五郎《ちょうごろう》さまのしたで働いております」

「長五郎とは」

「はい、長五郎さまは座元《ざもと》（小屋主）の旦那から弥生興行のいっさいを任されており、万休のご主人でもあられます」

「なるほど」

帳元の権限はおおきい。興行にあたっては役者を率いる座頭《ざがしら》（一座の長）を決め、金主《きんしゅ》（興行主）から資金を調達する。百戦錬磨《ひやくせんれんま》の千両役者を相手取り、年俸や支払方法の記された身上書を取りかわし、小屋の入りが芳《かんば》しくなければ役者の入れかえもおこなう。座元が幕府へ上納する櫓銭《やぐらせん》(興行税)の支払いや役人の接待などもおこない、帳簿いっさいを管理する。

芝居が当たれば莫大《ばくだい》な報酬《ほうしゅう》を得、外れれば一文無しになる。興行は水もの、帳元は山師ともいわれ、儲《もう》けた連中のなかには芝居茶屋を営む者までいると、三左衛門は聞いたことがあった。

万休の長五郎もそうした手合いなのだろう。

繁造は遣り手の帳元に雇われ、客席の割りあてなどを任されている。

割元は出納《すいとう》にも関わる重要な役どころ、有能な男でなければまず任されない。

「又七さんは急用で来られなくなりました。手前がご案内申しあげます」

三左衛門は繁造にみちびかれ、見世の裏口へまわった。

裏手の暗がりには辻駕籠《つじかご》が待っており、蛇《じゃ》の目《め》を差しかけてもらって駕籠に乗る。御殿女中を警護する場所は、てっきり万休の二階座敷あたりかと見当を付けていたのだが、どうやら、ちがうらしい。

「繁造さんよ、いったい、どこへ連れてゆくつもりだ」

「それは言えません」

「なんだと」

「浅間さまにお願いするのは、とりわけ難しい役どころ。仕事をお請けいただく以上、こちらの指図にしたがっていただきます」

「まだ引きうけたわけではないぞ」

「承知しております」

「どうしても言わぬ気だな」

「はい、これだけは。ご不審ならば、駕籠を降りていただいても結構です」

「なに」

降りろと言われれば、意地でも降りまいという気になる。

「では、まいりましょうか」

繁造は口端を吊り、微かに笑った。

三左衛門が首を引っこめると、黒い布に覆われた垂れが落ちた。内から外を覗けぬように、繁造自身が荒縄で周囲を括《くく》っている。

「くそっ、闇駕籠か」

先棒と後棒が、威勢良く鳴きを入れはじめた。

駕籠に揺られつつ、じっと眸子《まなこ》を瞑《つむ》る。

こうなれば、勘を研《と》ぎすますしかない。

四半刻ほどすると、駕籠は横風におおきく揺れた。

橋を渡っているのだろう。これが大橋ならば、向両国からさきは本所、辰巳《たつみ》の方角ならば深川へむかうことになる。

駕籠は橋を渡り、辰巳の方角に曲がった。

しばらくすると、木の香りが漾《ただよ》ってくる。

やはり、深川の木場が近いのか。

闇駕籠はいくつもの道を曲がってすすみ、ようやく止まった。

「浅間さま、着きました」

繁造は荒縄を解き、垂れを巻きあげた。

雨は熄《や》み、周囲は闇につつまれている。

わずかに磯の香りはするが、土地の形状は判然とせず、木場からどれだけ離れた場所かもわからない。

繁造の提灯にみちびかれ、三左衛門は濡れた草を踏みしめた。

四方に家並みはみえず、田圃《たんぼ》のまんなかにぽつんと灯りがみえる。

「あれか」

「はい」

近づいてみると、ふた抱えもありそうな欅《けやき》が聳《そび》えており、背後に合掌造《がっしょうづく》りの百姓家が建っていた。

「こんなところに、御殿女中が来るのか」

「あと半刻もすれば、お忍びになられるでしょう」

「万休の主人は」

「お待ちかねです。では、手前はこれで」

「帰るのか」

「はい、あとは長五郎さまとおはなしになってください」

繁造は素っ気なく告げ、闇に消えてゆく。

手渡された提灯で足許を照らし、三左衛門は敷居を跨《また》いだ。

福々しい顔の男が囲炉裏端《いろりばた》に座り、黙々と粗朶《そだ》をくべている。

「あんたが万休のご主人か」

「はい」

男は首を捻り、歯をみせて笑った。

「夜は冷えこみますからな。ささ、どうぞこちらへ」

膝をすすめると、酒肴が用意されてあった。

「鮎並《あいなめ》の煮付けに独活《うど》の糠漬《かすづ》け、野面で摘んだ山菜だの何だの、洲崎《すざき》で拾った蛤《はまぐり》も奥にござりますので、あとで味噌汁にいたしましょう」

「ずいぶん悠長だな」

「まずは腹ごなしをいたしませんと」

「見世は抛《ほう》っておいてもよいのか。芝居がはねたあとはご贔屓《ひいき》の接待をせねばなるまい。二階座敷の酒宴も、いまがたけなわであろうが」

「気のまわる若い衆はいくらでもおります。手前なんぞが顔をみせずともよいのですよ。さ、お座りください。まずは一献《いっこん》」

「ふむ」

三左衛門は酒を注がれ、すっと盃を干した。

「ほっ、これは見事な呑みっぷり。さすがは酒鬼の旦那だけはある」

「誰がそのようなことを」

「義弟の又七さんです」

「余計なことを」

「おつよいのは御酒だけではない。ひとたび小太刀を握らせれば、江戸市中に敵《かな》うものはおらぬとか。こうして物腰を拝察いたしますれば、なるほどと、納得せざるを得ませぬ」

「買いかぶられても困るな」

三左衛門は独活を囓《かじ》り、盃をかたむけた。

釈然としない。大奥の局ともあろうものが、なにゆえ、このような百姓家まで足を延ばさねばならぬのか。

「ふふ、磯島さまは抑えがたい恋情《おもい》を遂《と》げるべく、お越しになられるのですよ」

「抑えがたい恋情とは」

「役者買いにござります」

長五郎はにやりと笑う。

「役者買いだと」

「はい、贔屓の立女形と一夜の褥《しとね》をともにしたいとのぞまれました。磯島さまは手前どもにとって最上級のお客さまなれば、どのような無理難題もお断りすることはできませぬ」

磯島は権力者のお美代の方と繋がっているだけに、櫓銭の減免などの口利きも期待できる。帳元にしてみれば、金主なみに気を遣うべき相手なのだ。

無論、御殿女中と役者の密通は御法度《ごはっと》、お上の知るところとなれば、双方ともに遠島の沙汰《さた》はまぬかれない。密通を手引きした長五郎とて厳しく罰せられるので、事は慎重にすすめねばならなかった。

ゆえに芝居町から遠く離れ、こうした僻邑《へきゆう》に閨《ねや》を用意したのだと、長五郎は説明する。

しかし、それだけ重要な人物ならば、警護にもっと気を遣うべきだろう。どこの馬の骨ともわからない浪人を雇うこと自体、妙なはなしではある。

「ご心配にはおよびませぬよ。なにも、これがはじめてではないのですから」

不測の事態が生じたことなど、これまでにいちどもなかったと、長五郎は強調する。

「磯島さまには暗い夜道をおはこびいただき、朝未きにおもどりいただく。浅間さまはたったひと晩、囲炉裏端に座りつづけていただければそれでよいのです」

三左衛門は首をかしげた。

「あらためて聞くが、なぜ、わしを雇う。密通のたびに腕の立つ男を雇ったのであろう」

「おなじお方は雇いませぬ。浅間さまも、これが一回こっきりの仕事となりましょう。いわば、これは口止め料も兼ねた報酬」

長五郎は懐中から、山吹色の小判を三枚取りだした。

「どうぞ」

と額《ぬか》ずかれ、三左衛門はわずかに躊躇《ためら》う。

釈然としないまま、それでも小判を拾いあげた。

いまさら断るのも恰好わるい、という心理がはたらいたのだ。

長五郎が言うように、なにもないことを祈るしかない。

百姓家は寒々として、囲炉裏の側からわずかも離れたくなかった。

冷たい床の片隅や煤《すす》けた天井の暗がりには、ただならぬ気配がわだかまっているようにも感じられた。

四

戌《いぬ》ノ五つ（午後八時）を過ぎ、権門《けんもん》駕籠に乗った磯島があらわれた。

付き人は御小人《おこびと》ひとり、あれだけ大勢いた多聞たちは随伴せず、ほかには手替わりもふくめて三人の陸尺《ろくしやく》（駕籠かき）しかいない。お忍びとはいえ、あまりにも無防備な供揃えである。

長五郎は磯島を丁重に出迎え、囲炉裏端に連れてきた。

お美代の方の部屋を仕切る局だけあって、さすがに物腰は堂々としたものだ。衣装は贅を尽くした黒地に箔入《はくい》りの打掛《うちかけ》、艶やかなもみじまげには高価な櫛《くし》笄《こうがい》を挿している。

暗がりに白い顔が浮かびたった途端、三左衛門の背中にぞわりと怖気《おぞけ》が走った。血走った狐目に耳まで裂けた赤い口、嫉妬《しっと》に狂った鉄輪《かなわ》の鬼女を連想したのだ。

が、よくみれば、磯島は品の良い面立ちの女性であった。

目尻の皺から推《お》せば、薹《とう》が立っているようにもみえる。

体型は大柄で肉付きもよく、丹頂鶴《たんちょうづる》のように首が細長い。

恐怖や疑念の色がみられないのは、ここが来慣れた場所だからであろう。

長五郎は腰を屈め、うやうやしく磯島の草履《ぞうり》を取った。

「お局さま、あちらは浅間三左衛門どのにござります」

「守《も》り役か。いらぬと申したに、心配性の長五郎らしいのお、ほほほ」

「お褒《ほ》めいただき、身に余る光栄にござります」

「たわけ、褒めたのではないわ。余計なことをせずともよいと申したまでじゃ。わらわを殺《あや》めようとするものが、いったいどこにおるというのじゃ」

「仰せのとおりにござります。されど、いつなんどき、夜盗《やとう》まがいの不逞《ふてい》の輩《やから》が迷いこむともかぎりませぬ」

「ないない、これまでに三度なければ、四度目もなかろうよ。まあよいわ、浅間とやら、まんがいちのときは、わらわの身を守ってたもれ」

「は」

これが大奥の威勢というものなのか、三左衛門は迷いもなく平伏した。

「ほほほ」

磯島は朱唇《くちびる》に掌《て》を当てて笑い、沈香《じんこう》を振りまきながら鼻先を通りすぎてゆく。そして、長い裾を曳き、行燈の灯りが微かに漏れる板戸のむこうへ消えていった。

板戸一枚隔てたむこうの様子が、さきほどから気に掛かっている。

淫靡《いんび》な狭い空間には、何者かの気配があった。

「帳元どの、閨におるのは立女形か」

問いかけると、長五郎は唇《くち》もとに人差し指を立てた。

「しっ、お静かに」

「すまぬ」

「お教えいたしましょう。磯島さまは立女形とおもいこんでおられますが、じつは替え玉にございます」

「ほう」

「ご贔屓の金主さまの手前、立女形に淫《みだ》らなまねはさせられませぬ」

そこで、うりふたつの役者を巷間《こうかん》から探しだし、本人になりきらせているのだ。初手の褥からともにあるので、磯島はまったく気づかずに満足しているという。

「替え玉の名は」

「高瀬川松之丞」

と聞き、三左衛門はぴくりと眉を動かした。

「木戸芸者だな」

「よくご存知で」

ご存知もなにも、こうして厄介事に巻きこまれているのは、松之丞が又七に一両の借金を申しこんだせいだ。

又七によれば、松之丞は緞帳《どんちょう》役者であった。

寺社の境内でおこなわれる芝居を、小芝居という。小芝居の勧進元《かんじんもと》は櫓銭を払わぬかわりに、花道や廻り舞台を公認されず、引幕の替わりに緞帳を使用しなければならない。ゆえに、小芝居専門のどさまわり役者は、緞帳役者とも通称されていた。

「松之丞は拾いものです。あれほど化け方のうまい役者だとは、正直、おもいもよりませなんだ。本舞台で立女形の代役にどうかと、一時は真剣に考えたほどでして」

長五郎の横顔に狡猾《こうかつ》さが滲《にじ》みでた。

昨今、役者の年俸は高騰《こうとう》の一途をたどり、歯止めの利かない情況にある。代役を立てることで立女形の高年俸を削ることができれば、帳元としてはおおいに助かる。興収に赤字が見込まれる場合は、浮いた費用で穴埋めもできよう。しかも、代役を立てたことが世間に知られずにいれば、客の入りに影響を与えることもない。

「どうかな、大向こうの目はごまかせぬぞ」

「仰せのとおりです。所詮《しよせん》、代役は代役。姑息《こそく》な手管《てくだ》を用いれば、かならずや、しっぺがえしがくる」

わかっていながらも一度ならず、長五郎は代役を立てたい衝動に駆られたという。

「芝居興行は水ものと申します。当たれば儲けものだが、むしろ、外れることのほうがおおい」

これまでの興行で莫大な負債を抱え、万休の台所も火の車なのではあるまいかと、三左衛門は邪推《じゃすい》した。

「そのあたりはご想像におまかせします。浅間さま、なにはともあれ宜《よろ》しくお願いしますよ。夜の明けきらぬうちに駕籠を寄こしますゆえ、それまではご辛抱《しんぼう》いただきたい」

「ん、おぬしは残らぬのか」

「手前の役目はひとまずここまで。あとは緞帳役者めが上手に仕切ってくれましょう」

長五郎は腰をあげ、音もなく去っていった。

囲炉裏の底では、熾火《おきび》がちろちろ燃えている。

自在鈎《じざいかぎ》に吊るされた蛤鍋が、白い湯気をあげていた。

酒は腐るほどある。好きなだけ呑んでも構わないと言われている。

耳を澄ませば、淫らな喘《あえ》ぎが漏れきこえてきた。

替え玉の松之丞が床上手《とこじょうず》なのか、大奥暮らしのながい磯島が睦事《むつごと》に不慣れなのか、どちらでもよいことだが、喘ぎはすぐさま艶声に変わり、歓喜の絶頂へと高まってゆく。

「ふわっ、あ、ああ」

磯島は妙適《みようてき》を迎えるたびに、放埒《ほうらつ》な絶叫を張りあげた。

三左衛門は渋い顔になり、黙々と粗朶を折りつづける。

居たたまれずに酒を注ぎ、たてつづけにぐい呑みを干した。

いくら呑んでも、酔うことはできない。

よこしまな空想が駆けめぐり、途方もなく惨めな気分になった。

たった三両で雇われ、鼻持ちならない御殿女中の秘め事に付きあわされているのだ。

これほど莫迦らしいこともない。

「くそっ、やめときゃよかった」

悪態を吐いても後の祭り、やがて日付も変わるころ、百姓家の周囲に尋常ならざる殺気が膨らんだ。

五

あたまは妙に冴えているが、からだの動きは鈍い。

呑みすぎたなと、反省しながら腰をあげた。

板戸を睨みつけ、わずかな隙間に手を入れる。

「ごめん」

たんと、勢いにまかせて引きあけた。

「ひゃっ」

褥のうえで重なるふたりが、同時に声をあげる。

「な、何事じゃ、無礼者」

と、磯島が叫んだ。

赤い襦袢《じゅばん》を腰に巻き、瓜のような乳房を垂らしている。

松之丞のほうは恐怖に目を剝き、声も出せないようだ。

「くせものが忍んできたらしい。とりあえず、おしらせにまいった」

「小人はいかがした、陸尺どもは」

「はて、声も出さぬということは、逃げたか、殺《や》られたか」

「なんじゃと」

声を震わせながらも、さすがにそこは大奥の局、どっしりと落ちつきはらい、着物を身につけはじめる。

松之丞は半裸のまま、着付けを手伝った。

「そなた、姓名はなんというた」

「浅間三左衛門にござる」

「この場を切りぬけられようか」

「はて、どうでしょうな」

「わからぬと申すか」

「ええ」

「死を覚悟せねばなるまいかの」

「いざとなれば」

「よし、浅間とやら、そのときがきたら首を刎《は》ねてたもれ。わらわの行状がお上の知るところとなれば、お方さま（お美代の方）にご迷惑が掛かりましょう。刎ねた首は地中深く埋め、けっして他人の目に触れさせぬように。わらわの頼み、請けてもらえようか」

「承知」

三左衛門は踵《きびす》をかえし、後ろ手で板戸を閉めた。

身を沈めて腰溜めに構え、大刀を黒鞘ごと抜く。

と、そこへ、黒い影がひとつ忍びこんできた。

「あらわれたな」

影は応えず、上がり框《かまち》にふわっと飛びのった。

「忍びか」

柿渋色の装束に覆面《ふくめん》といい、背に負った短めの直刀といい、これまでに出逢ったこともない相手であることはすぐにわかる。

影は筒袖をもちあげ、しゃっと刀を抜いた。

囲炉裏を軽々と飛びこえ、中段から片手突きを繰りだしてくる。

三左衛門は身を捻り、躱《かわ》しながら鞘の鐺《こじり》で忍びの脾腹《ひばら》を突いた。

「うぐっ」

相手が床に俯したところへ、すかさず鞘を振りおろす。

後頭部を強《したた》かに打ちすえると、忍びはそれきり動かなくなった。

「おい、松之丞」

三左衛門は大声で呼びかけた。

背後の板戸がひらき、優男は血相を変えて飛びだしてくる。

「はい、なにか」

「こやつを紐《ひも》で縛っておけ。できるな」

「は、はい」

磯島が懐剣を逆手に構え、裾を滑らせてきた。

「浅間どの、いま、このものをなんと呼びやった」

「松之丞と呼びましたが」

「ま、松之丞じゃと。これはどうしたことじゃ。もしや、そなたは替え玉か」

磯島は怒り心頭に発し、松之丞に食ってかかる。

三左衛門はあいだに割ってはいり、宥《なだ》め役にまわった。

「局どの、替え玉か否か、かようなことを詮索《せんさく》しているときではござらぬ」

「黙らっしゃい、わらわを虚仮《こけ》にいたすとは……ぬう、長五郎め、赦《ゆる》さぬぞえ」

磯島は般若《はんにゃ》のように眸子を吊り、突如、松之丞に斬りかかった。

「覚悟せい」

「うひぇっ」

優男が顔を覆った瞬間、磯島は空気が抜けたように頽《くずお》れていった。

三左衛門が咄嗟《とっさ》に当て身を食らわせたのだ。

「手間の掛かる女だな」

「ど、どういたしましょう」

「しっかりいたせ。まずは忍びをふんじばり、それから、局を部屋に引きずっていけ。板戸は固く閉めておくのだぞ」

「はい」

「おっと、懐剣は取りあげておいたほうがよいな」

三左衛門は磯島の手から懐剣を取りあげ、みずからの帯に差した。

敵の気配は、間近に迫っている。

「ひとり、ふたり……三人か」

忍び装束の影がまたひとつ、土間に転がりこんできた。

しゅっしゅっと、六方手裏剣《ろっぽうしゅりけん》が飛んでくる。

「うおっ」

首を亀のように引っこめるや、手裏剣はたんたんと板戸に食いこんだ。

戦国の世でもあるまいに、三左衛門は忍びの刺客《せっかく》と闘っている。

「悪夢だな」

忍びは泳ぐように迫り、直刀で自在鈎を斬りおとした。

煮立った鍋がひっくりかえり、濛々《もうもう》と灰が舞いあがる。

「ぐえほっ」

咳きこみつつ、袖で口を覆う。

刹那《せつな》、灰塵を掻きわけ、二本の刃が伸びてきた。

「げっ」

いつのまにか、忍びはふたりになっている。

三左衛門は越前康継の脇差を抜き、防御の姿勢をとった。

刃音が唸り、鋼《はがね》と鋼は烈しくぶつかりあう。

赤い火花が散った途端、ふたつの影はぱっと左右に弾けとんだ。

「へやっ」

左手で抜いた懐剣を、三左衛門は無造作に投げつけた。

「うぐっ」

忍びは低く呻き、たまらずに膝を折る。

まっすぐに飛んだ懐剣は、右の大腿部を串刺しにしていた。

「つあっ」

別のひとりが気合いを発し、右手下段から直刀を薙《な》ぎあげてくる。

ばすっと、袖を断たれた。

三左衛門は独楽《こま》のように回転し、康継を横薙ぎに薙いだ。

鋭く弧を描いた鋩《きつさき》は峰にかえされ、相手の首筋を叩いた。

忍びは声もあげずに白目を剝き、棒のように倒れていった。

「ぬおっ」

左手の忍びが、太腿から懐剣を引きぬいた。

そして、横転しながら臑斬《すねぎ》りを仕掛けてくる。

「ほっ」

臑を輪切りにされる寸前、三左衛門は牛若《うしわか》のごとく跳躍した。

仰天《ぎようてん》する相手の脳天に狙いをさだめ、逆落としに物打の峰を叩きおとす。

「ぐひぇっ」

三人目の忍びも、呆気なく床に這《は》いつくばった。

「のこるはあとひとり」

三左衛門は、垂れ下がった袖をちぎった。

六

――どどど。

耳朶《じだ》を潰すほどの大音響とともに、天井が崩落してきた。

大量の木っ端に紛れつつ、四人目の忍びが真上から斬りかかってくる。

「くわっ」

床に転がってなんとか逃げ、三左衛門は追撃に備えた。

しかし、二撃目の太刀は振りおろされてこない。

濛々たる塵芥《じんかい》の狭間《はざま》から、重厚な声音が響いてきた。

「うぬは何者じゃ。野良犬にしてはやりおるではないか。百姓家におるのは、糞の役にも立たぬ用心棒がただひとり。そう聞いておったにのぉ」

「糞の役にも立たぬだと、誰がそんなことを」

「帳元にきまっておろうが」

「なに」

「まだわからぬのか。うぬは塡《は》められたのよ、ふっ、ふははは」

忍びは柿渋色の頭巾《ずきん》をはぐりとり、角張った顎《あご》を外さんばかりにして嗤《わら》いあげた。茶筅髷《ちゃせんまげ》に太い揉みあげ、隆《りゅう》とした濃い眉に天狗《てんぐ》のような鷲鼻《わしばな》、縦も横もあるこの男が刺客どもの首魁《しゅかい》らしい。

康継の鉈を青眼にぴたりと静止させ、三左衛門は問いかけた。

「おぬし、御広敷《おひろしき》の伊賀者《いがもの》か」

「で、あろうな。江戸市中のどこをさがしても、ほかに柿渋装束の忍びはおるまい」

「誰の命で局を」

「それを聞いてどうする。死ぬ身であろうが」

「冥土《めいど》の土産に聞かせてくれ」

「ふっ、なれば小太刀の妙技に免じ、教えてつかわそう」

磯島の目に余る行状が、とある筋から老中の耳にはいった。

お美代の方の威光を懼《おそ》れ、この種の不祥事《ふしょうじ》は揉みけされるのが通例であったが、こんどばかりはそうならなかった。重鎮のなかには、お美代の方とその一派の専横ぶりに眉を顰《ひそ》める者たちもいる。そうした連中の強い意向で、四人の忍びが放たれたのだ。

「事は慎重かつ隠密裡《おんみつり》にすすめねばならぬ。そこで、帳元を仲間に引きこんだのよ」

櫓銭の減免と引きかえに、長五郎は誘いに乗った。

それどころか、磯島謀殺の絵図《えず》を自分で描いてみせた。

まずは磯島を油断させ、百姓家へ誘引するのが最初にして最大の関門、そこさえうまく切りぬけられれば、このたびの企《たくら》みは目を瞑っても成功するはずだった。

ところが、弱いはずの用心棒が存外に勁《つよ》かったと、首魁は苦笑する。

「うぬに課された真の役まわりは、緞帳役者に惚《ほ》れた男じゃ。くふふ、うぬと松之丞は深い仲にあるのよ」

「あんだと」

「うぬは嫉妬に狂ったあげく、秘め事の最中に斬りこむ。褥で抱きあう男女を殺め、仕舞いには自刃《じじん》して果てる。なるほど、これなら裏の仕掛けを疑うものとておらぬ。どうじゃ、なかなかに巧妙な筋書きであろうが。三座の立作者（脚本家）でも書けぬわい」

「けっ、客の呼べる筋書きではないわ」

「いまからでも遅くはないぞ。うぬは女形に惚れた情夫を演じればよい」

「解《げ》せぬな」

「なにが」

「御広敷の番人ならば、事情はどうあれ、局を守るのが役目であろうが」

「ふふ、わしらも薄給の身でな」

「金に転んだのか」

「世知辛《せちがら》い世の中じゃ。大奥の雌豚《めすぶた》どもに忠義立てをして何になる」

わからぬではない。いや、むしろ、三左衛門には忍びの気持ちが痛いほどわかった。だからといって、手心はくわえられない。そうしたことのできる相手ではない。

「ちと喋りすぎた。ならば、ゆくぞ」

——ぬおおお。

巖《いわお》のような巨体が突進してくる。

三左衛門は避けもせず、康継を八相《はっそう》に構えた。

「はっ」

「やっ」

勝負は一瞬、ふたつの影が交錯した。

火花も散らず、刃の激突した形跡もない。
時が止まった。
三左衛門の右腕につうっと鮮血が流れおちた。
首魁は野太い首を捻り、会心の笑みを泛《うか》べた。
と、つかのま、どおっと前のめりに倒れてゆく。
床に落ちた途端、咽喉《のど》の傷口がぱっくりひらいた。
血飛沫《ちしぶき》が迸《ほとばし》り、床じゅうに真紅の波紋がひろがった。
「くそったれが」
肩口に強烈な痛みが走った。
胸の疼《うず》きは、ひとを斬った痛みだ。
拳を震わせていると、背後の板戸が静かにひらいた。
磯島が、畳に額ずいている。
「浅間三左衛門どの、かたじけなく存じまする。なんとお礼を申したらよいか」
すべての事情が判明し、おのれの不徳にようやく気づいたようだ。
「羞《は》ずかしゅうて、穴があったらはいりたい」
などと、殊勝なことを抜かす。

「いまさら目が醒めても遅いわ」

三左衛門は語気を強め、磯島を叱りつけた。

「おまえさんの淫行のせいで、斬らずともよい相手を斬っちまった」

「この始末、どういたせば……奉行所《まちかた》のものを呼べば事はおおきくなり、お上のご威光にも関わります」

「知らぬわい、自分で蒔《ま》いた種であろう。ともあれ、息のあるくせものどもはふんじばっておく。あとはご自身で、どうとでも始末をおつけなされ」

「そんな」

「早急にお城へ舞いもどり、お方さまにでもご相談なさるがよかろう」

「わかりました。して、浅間どのは」

「とりあえず、長五郎を懲《こ》らしめる」

ふと、又七の身が心配になった。

「おい、松之丞」

「へ」

「又七の行方に心当たりはないか」

「ま、又七さんですか」

しばらく考えたすえに、松之丞は膝を打った。

深川の越中島《えっちゅうじま》に、長五郎たちがときおり集まる隠れ家があるという。

「ひょっとすると、あとで案内せい」

「よし、又七さんはそこに」

三左衛門は昏倒した三人の忍びを囲炉裏端にならべ、荒縄でひとまとめに縛りあげた。

磯島は床にうずくまり、さめざめと泣いている。

哀れな気もするが、こればかりは自業自得というものだ。

松之丞をともなって外に出ると、小人と陸尺三人の屍骸《むくろ》が捨ててあった。

「南無……」

短く経を唱え、夜露に濡れた草を踏みしめる。

さきほどから、名状しがたい焦燥に駆られていた。

急がねばならない。

又七はきっと、隠れ家に軟禁されている。

そうであってくれと、三左衛門は祈るしかなかった。

肩口の傷は深い。

七

道すがら、用心のためにいつも携行している竹瀝《ちくれき》（竹の搾汁《しぼりじる》）の塗られた笹の葉を傷口に当て、なんとか止血はできた。

だが、腱《けん》を損傷したのか、右腕はほとんど動かず、つかいものにならない。

闇駕籠で連れてこられた場所は、押上村《おしあげむら》の東端であった。

越中島は深川の南西、猪牙《ちょき》をつかえばさほど遠くもない。

網目のように錯綜《さくそう》する堀川をくねくね曲がり、三十三間堂《さんじゅうさんげんどう》を右手に眺めながら、汐見橋《しおみばし》をくぐりぬける。堀川を右手に曲がって蓬萊橋《ほうらいばし》、黒船橋《くろふねばし》と過ぎ、古石場《ふるいしば》と呼ばれる橋のたもとで陸へあがった。

川沿いには蔵屋敷がつづき、人家の灯火はすくない。このあたりは埋め立て地で、城普請の際に石垣にする石が置かれた場所でもあった。

「寂しいところだな」

越中島は深川七場所で知られる岡場所のひとつだが、永代寺門前《えいたいじもんぜん》の仲町《なかちょう》や裾継《すそつぎ》のような賑やかさは欠片《かけら》もない。辻の暗がりで白い痩せ腕を揺らめかせているのは、五百文足らずで男を銜《くわ》えこむ安女郎ばかりだ。

「浅間さま、あと半町ほどいった蔵屋敷のとっぱずれに、四六長屋《しろくながや》があります」

「安女郎屋か」

「はい」

朽ちかけた四六長屋には、夜四百文、昼六百文という格安な玉代で売淫をする見世が寄せあつまっている。

「じつは、抱え主の元締めが万休の旦那なんです」

「ほう、そいつは驚いた」

御法度の岡場所まで仕切っているとは、相当な悪党にちがいない。

ふたりは川端の暗い道を歩み、長屋へつづく木戸口の脇へ潜んだ。

「このさきは袋小路で、隠れ家は奥の左手にあります」

「ふむ」

わずかな沈黙ののち、三左衛門は問いかけた。

「松之丞よ、おぬし、又七に一両を借りようとしたな」

「は、はい」

「何に使うつもりだ。廓《くるわ》の女か、それとも博打か」

「どちらでもありません。名を買うつもりでした」

「名を、どういう意味だ」

「おたみという錺職《かざりしょく》の娘に惚れちまったんです。芝居好きの娘で、むこうも好いてくれています」

たとえ相惚れの間柄でも、ふたりはいっしょになることができない。

「ご存知のとおり、役者は人別帳にも載らぬ扱い。一人前にあつかわれるには、他人様《ひとさま》から名を買わねばなりません」

松之丞によると、金五両を払えば、とある職人の名を闇で買うことができるらしい。そういえば、三左衛門も、変死や失踪した者の名を売買する商売があると聞いたことがあった。

本来なら人別帳から外すべき者の名を親族が仲介者に売り、買った者は本人になりすます。婿養子に入ったり、檀那寺《だんなでら》を変えることで過去はうやむやにされ、よほどのことでもないかぎり素姓を暴かれる虞《おそ》れはない。

こうした裏商売が成りたつからには、名を売るほうにも買うほうにも、のっぴきならない事情を抱えた者が大勢いるのだろう。

松之丞は、蚊《か》の鳴くような声を漏らした。

「小芝居でこつこつ溜めた金が四両あります。ところが、どうしても一両の工面ができませんでした」

「それで、又七に泣きついたのか」

「はい、又七さんは俠気のあるお方です。詳しい事情も聞かず、ぽんと胸を叩いてくれました」

おかげで、このざまだと言いかけ、三左衛門はことばを呑みこんだ。

いまさら、愚痴《ぐち》を吐いたところではじまらない。

「ひとたび名を買ってしまえば、二度と舞台に立つことはできまい。おぬし、芝居に未練はないのか」

「ないといえば嘘になります。ものごころついたときから、三座の舞台に立つことを夢に描いておりましたから」

「ふむ、長五郎も漏らしておったぞ、おぬしには芝居の才があると。三座の立女形になるのも、けっして夢ではあるまい」

「とんでもない。所詮は夢のまた夢、それほど甘い世界ではございません。たしかに、万休の旦那には夢をみさせていただきました。小芝居にもわざわざ足をおはこびになられ、楽屋裏で声を掛けたりもしていただき、それは感謝もし、期待もいたしました」

木戸芸者にしても、贔屓筋の接待役にしても、磯島との秘め事にしたところで、好きでやっていたわけではない。すべては檜舞台《ひのきぶたい》にあがるための階段なのだと歯を食いしばり、松之丞は我慢をかさねてきた。

「あたしは莫迦でした。夢は叶《かな》わぬことと思い知ったとき、おたみが優しいことばを掛けてくれたのです。三座の舞台に立てずとも、おまえさんは立派な役者だよと」

松之丞は、ぐっとことばに詰まった。

「だったら、役者をつづければよかろう。おたみもそれを望んでおるのではないか」

「役者をつづければ、ふたりはいっしょになれません」

そのほうが辛い。いっそすっぱり役者をやめ、名も生き方も改めて、おたみと幸せになりたいと、松之丞は涙ぐむ。

「そのための一両か」

三左衛門は懐中の小判を握りしめた。慰めることばもない。

他人の名を金で買い、ほんとうの幸福を手に入れることができるのだろうか。

そんなふうにはおもえないが、傷心の松之丞に「生涯、緞帳役者をつづけろ」と意見するのも酷だろう。

四六長屋のつらなる薄汚い露地裏は、深い闇につつまれている。

客らしき影はひとつもなく、客引きの女もいない。

いまは、又七を救うことが先決だ。

「浅間さま」

「ん」

「又七さんを助けるためなら、なんでもやります」

「よし、それなら、ひとつ頼みたいことがある」

三左衛門は定廻りをつとめる八尾半四郎の所在を教え、明け方までにここへ連れてくるように命じた。

「かしこまりました」

撫《な》で肩《がた》の背中が、闇に呑みこまれていった。

三左衛門は木戸を抜け、音もなく袋小路へ忍びこんだ。

八

群雲《むらくも》が裂け、刃のような月が顔を出した。

隠れ家には人の気配がある。

戸口で耳を澄ませば、ぼそぼそと会話も聞こえてきた。

「繁造よ、押上の百姓家はいまごろ血の海だな」

「さようですな。もうすぐ黒衣《くろご》の連中が首尾を伝えにくるでしょう……おや、帳元、いかがなされた、お顔の色が優れませんぞ」

「浅間とかいう浪人者がな、ちと気に掛かるのよ。妙に物腰が落ちついておってのお」

「杞憂《きゆう》です。あれはただの大酒呑み、ぐうたら浪人にすぎません。だいいち、御広敷の伊賀者に歯が立つとおもいますか」

「立つわけがないな……そういえば、又七とかいうお調子者はどうした」

「あ、うっかり忘れておりました。猿轡《さるぐつわ》を填めて芝居小屋のなかに、それも花道のすっぽんの底に縛りつけたままです」

「くはっ、仁木弾正ではあるまいに。すっぽんからせりあがってこられたら、洒《しゃ》落《れ》にもならぬな」

　すっぽんとは小振りのせり穴、花道の七三（舞台から三分、揚幕から七分）に位置し、妖怪や忍術使いの登場につかう。ちょうど上演されている先代萩「床下の場」において、悪漢の仁木弾正がすっぽんから登場する場面があった。

「帳元、大向こうから喝采が沸きおこるかもしれませんぞ」

「冗談はさておき、繁造よ」

「は」

「又七も始末せねばなるまい。一番太鼓が鳴るまでにな」

「なれば、手前はこれにて」

　割元の繁造は、やおら腰をあげた。

　三左衛門は戸口に隠れ、ひゅっと鼻から息を吸いこむ。

　繁造は雪駄《せった》を履き、油障子を引きあけた。

「おっと帳元、月が出ていますぜ」

　はずんだ口調で発した途端、膝が抜けたように頽れた。

「ん、繁造、どうかしたか」

　暗がりから、長五郎の福々しい顔があらわれた。

その顔が唐突に強張《こわば》り、蒼白に変わっていった。

昏倒した繁造の背中を跨ぎこえ、三左衛門がぬっと顔を差しだす。

「よう、また逢ったな」

「お、おめえ、生きていたのか」

「がっかりさせてわるかったな」

「磯島も……い、生きてんのか」

「わしが斬ったと言ったら、どうする」

「まことか、よし……金なら、金が欲しいのなら、いくらでもくれてやるぞ」

「千両だ」

「莫迦な」

「いくらでもくれてやると、大見得《おおみえ》を切ったではないか」

「ものには限度というものがある」

「千両役者ばりに、大立者を演じてみせたになあ」

「ご、五十両、五十両でどうだ」

「いらぬよ」

「なにっ」

「残念ながら、磯島の局は生きておる。おぬしが目を掛けた高瀬川松之丞もな」

三左衛門は上がり框に片足を掛け、左手の拇指《おやゆび》で脇差の鯉口《こいぐち》を切った。

右腕は意思を失ったまま、ぶらんと垂れさがっている。

「長五郎、おぬしに言わせれば、わしは糞の役にも立たぬ用心棒らしいな」

「待て、待ってくれ」

「なにを待つ」

「はなせば、わかる」

長五郎は額に膏汗《あぶらあせ》を滲ませ、六畳間の奥へ後じさった。

はっとばかりに身を反転させ、鴨居《かもい》のうえに隠してあった管槍《くだやり》を引っ摑む。

肥えたからだつきにしては、素早い動きだ。

「ふえっ」

気合一声、長五郎は突いてきた。

ぐんと伸びた穂先は三左衛門の鬢《びん》を掠《かす》める。

「そんな得物をつかえるとはな」

「恐れいったか。わしは槍術《そうじゅつ》の免状をもっておるのだぞ」

「でかい口を利きおって。どうせ、金で買った免状であろうが」

「死ね」

またもや、槍の穂先が伸びてきた。

三左衛門はひょいと躱し、左の逆手で脇差を抜く。

素速く身を寄せ、管槍の長柄《ながえ》に沿って刃を滑らせる。

しゅるるっと、鋩が走った。

鎌首を擡《もた》げた蛇のような動きだ。

「ぎゃっ」

長柄を握る長五郎の十本指が、ぱらぱらと畳に落ちてきた。

三左衛門はさらに踏みこみ、悲鳴をあげる顔面へ柄頭《つかがしら》を叩きこむ。

「ぐぶっ」

骨の陥没する鈍い音とともに、肥えたからだが大きく蹌踉《よろ》めいた。

長五郎は白壁に後頭部を打ちつけ、ずり落ちるように頽れてゆく。

「莫迦者め」

三左衛門は左掌でくるっと刃を旋回させ、腰の黒鞘におさめた。

あとはふたりを縄で括り、部屋の隅にでも転がしておけばよい。

八尾半四郎が押っ取り刀で駈けつけ、悪党どもを引ったててゆくことだろう。

芝居茶屋の主人が岡場所を仕切っていたとなれば、断罪に処されるのは必定、長五郎の関わった弥生興行も取りやめになる。庶民の楽しみを奪うのは忍びないが、悪党の描いた筋書きに金を払うのも癪《しゃく》に障《さわ》る。

江戸者ならば、わかってくれるにちがいない。

すっぽんの底で待つ又七を救うべく、三左衛門は四六長屋をあとにした。

月は群雲に隠れたが、闇は次第に薄らぎつつある。

ゆっくりと幕が開くように、薄明が近づいていた。

九

十日後、弥生吉日。

江戸に花起こしの風が吹き、花曇りのあとには春の深まりを告げる甘雨《かんう》も降った。

墨堤《ぼくてい》の桜並木はいまが見頃、上野山《うえのやま》や飛鳥山《あすかやま》も全山桜に彩られつつある。

照降町の裏長屋にも、麗《うら》らかな朝の光が射しこんでいる。

三左衛門は畳に正座し、純白の細長い布に筆を走らせた。

――春風駘蕩《しゅんぷうたいとう》、満員御礼。

と、右手で野太く書きつける。

「よし」

肩口の傷もようやく癒《い》え、右腕もうまく動かせるようになってきた。

墨文字を眺めつつ、ひとりで悦《えつ》に入っていると、近所の洟垂《はなた》れ小僧があらわれた。

「おっちゃん、釣り糸を買《こ》うてくれ」

十にも満たない小僧は青洟《あおつばな》を啜《すす》りあげ、馬の尻尾《しっぽ》の毛を差しだしてみせる。

「黒鹿毛《くろかげ》か、どこで盗んだ」

「甲州街道《こうしゅうかいどう》だよ」

「ずいぶん遠出したな」

「うん」

尻尾の毛を手に取り、ぴんと伸ばしてみる。

これなら、良い釣り糸になりそうだ。

「よし、いくらだ」

「十六文」

「べらぼうめ」

「そんなら、ほかに行くよ」

「わかった、わかった」

三左衛門は袖に手を入れ、小銭を摘む。

「小僧、十六文を何につかう」

「小芝居を観にゆくのさ」

「ほう」

「知らねえのかい、回向院《えこういん》の境内で演《や》ってんだよ。これがたいそう面白《おもしれ》えらしい」

「誰に聞いた」

「おっちゃんとこのおすずさ」

「なんだ、おすずか」

「今日も観にいってるよ、きっと」

小僧は銭を受けとると、風のように去った。

「観にいってやるか」

三左衛門は腰をあげ、脇差を帯に差す。

帳元の不祥事という理由から、お上の御達しで弥生興行は中止になった。前代未聞の興行中止で芝居町からは火が消えたようになり、芝居好きの連中はがっくり肩を落とした。

だが、世の中、なにが功を奏するかわからない。

にわかに、小芝居が脚光を浴びることとなった。

舞台には花道もなければ、すっぽんもない。三色の定式幕は粗末な緞帳に替わり、客席には桟敷も枡もなかった。無論、千両役者は顔をみせず、金主も贔屓筋もいない。

それでも、演目の筋立てが面白ければ、客はいくらでもはいる。

連日大入りの札を掲げているのは、回向院で晴天芝居を打つ松之丞一座であった。

「さあさあ、大江戸で評判の奥女中ものだ。木戸銭はたったの十六文、席は早い者勝ちだよ」

向両国はいつになく活気づき、回向院の境内は黒山のひとだかりである。

積みかさねた樽《たる》のうえには木戸芸者が立ち、なにやら大声で煽《あお》りたてていた。

花色模様の打掛を引っかけ、顔じゅうに白粉《おしろい》を塗りたくっている。

よくみれば、又七であった。

「おい、又七」

「なんでえ、あにさんじゃねえか」

「木戸芸者になったのか」

「そうよ、なにせ松之丞の晴れ舞台だ。姉さんもおすずも一等席に陣取ってる。あにさんの席はもうねえよ。いまから行っても、羅漢台が空いてるだけさ」

　小芝居は当たれば百日繰りかえすが、外れればそこで終わり、毎日が千秋楽《せんしゅうらく》のようなものだ。

　どうせ観にくる機会もあるまいと、三左衛門はおもっていた。

　ところが、三座の立作家が新しい本を書き、小芝居でためしに演ってみたら、これが大受けに受けた。

「外題《げだい》は桜暦押上心中《さくらごよみおしあげしんじゅう》、御殿女中の役者買いと嫉妬に狂う役者の情夫、雁字搦《がんじがら》めにからまった恋情の行方ってのが筋さ」

　又七は得意満面の顔で、滔々《とうとう》と喋りはじめた。

「御殿女中と立女形の濡れ場に、色男の浪人者が斬りこんでくる。山場の舞台は欅に埋もれた押上の百姓家だ。いざ、覚悟せい、いかに御殿女中といえども、かさねておいて四つにされても文句は言えまい。色男が大見得を切った途端、立女形は二進《につち》も三進《さつち》もいかなくなり、自刃して果てるのよ」

それを追うように御殿女中も咽喉首を掻っきり、血溜まりにひとりのこされた色男は、拳を震わせて月に吼《ほ》える。

「松之丞よ、おめえに惚れた男も惨めだが、死に遅れた男はもっと惨めだぜえ、となァ。色男は噎《むせ》びつつ、下手に消えてゆくって段取りさ」

これが三座の演目であったならば、御殿女中が自刃して果てる筋立てを、お上が赦すはずはない。

しかし、寺社奉行の管轄する小芝居ならば、なにを演っても赦される風潮があった。所詮、小芝居は小芝居、なにも目くじらを立てることはあるまいと、お上も大目に見てくれるのだ。

「種を明かせば、松之丞から聞いたはなしの顚末《てんまつ》をよ、この又七さまが立作家に喋ってきかせたってわけさ。濡れ場に斬りこむ浅間三左衛門の役は、色男に変えてやったかんな、あにさんも文句はあんめえ」

実名で登場するわけではないものの、妙に気恥ずかしい。芝居が当たっていなければ、こうした心境にもなるまい。

三左衛門は又七をともない、境内に仮設された舞台の袖にむかった。

舞台の片隅にある羅漢台からは、緞帳役者たちの後ろ姿しかみえない。

筵《むしろ》の敷きつめられた最前列の切落としには、おまつとおすずの顔もあった。

そして、瞳を爛々《らんらん》とかがやかせた年頃の町娘がひとり、食い入るように舞台を凝視《みつ》めていた。

「又七、あれは」

「おたみだよ」

「ほう、あれが」

「なかなかの縹緻良《きりようよ》しだろう。へへ、おたみが惚れたのは役者の松之丞なのさ。やつが役者をやめると吐いた途端、おたみは別の男に乗りかえちまった。どっこい、舞台にもどってきたら、毎日飽きもせず、ああしてかぶりつきに座ってんだぜ」

「娘心はわからぬものだな」

「あにさん、松之丞ってのは生まれついての役者さあ。他人様の名を買ったとしても、遠からず舞台へ舞いもどってきたにちげえねえ」

「そういえば又七、おまえに渡した二両はどうした」

「え」

「ま、いいじゃねえか。あにさん、こまけえことは言いっこなし」

長五郎と繁造に縄を打った八尾半四郎によれば、磯島の局はお美代の方から謹《きん》慎《しん》を命じられ、大奥から追放されたという。一方、磯島謀殺に関わった重臣への詮索はおこなわれる様子もなく、忍びたちの処分も判然としない。

ともあれ、御殿女中の役者買いに端を発した一連の経緯《いきさつ》は、闇から闇へ葬《ほうむ》られるはずだった。

にもかかわらず、小芝居という体裁をとって白日のもとにさらされたのである。さまざまに脚色されてはいるものの、この演目が江戸の庶民から喝采を浴びた理由は、直近に勃《お》こった真実を下敷きにしているからであった。

三左衛門は羅漢台に座り、磯島を演じる女形の威風堂々とした背中を凝視めた。特徴のある撫で肩の女形は、今公演の座頭に抜擢《ばってき》された高瀬川松之丞にほかならない。

「いよっ、松之丞」

威勢の良い掛け声は大向こうからではなく、切落としに座るおすずの発したものだ。

「とぼけるな」

桜花舞う境内には、心地良い風が吹きぬけてゆく。

「わあい、わあい」

歓声に振りむけば、馬の尻尾の毛を売りにきた洟垂れが「春風駘蕩、満員御礼」と書かれた白い布を頭上に掲げ、悪餓鬼《わるがき》どもといっしょに境内を駈けまわっている。

小屋内からは、大入りを祝う汁物の匂いが漾ってきた。

ふと、甘辛く煮た早蕨《さわらび》の煮付けがあったことをおもいだす。

「終わりよければすべてよしか」

三左衛門は、無性に酒が呑みたくなった。

双葉文庫

さ-26-30

照《て》れ降《ふ》れ長屋《なが や》風聞帖《ふうぶんちょう》【二】

残情《ざんじょう》十日《とおか》の菊《きく》〈新装版《しんそうばん》〉

2019年11月17日　第1刷発行

【著者】
坂岡真《さかおかしん》

【発行者】
箕浦克史

【発行所】
株式会社双葉社
〒162-8540 東京都新宿区東五軒町3番28号
［電話］03-5261-4818(営業)　03-5261-4833(編集)
www.futabasha.co.jp
(双葉社の書籍・コミックが買えます)

【印刷所】
株式会社新藤慶昌堂

【製本所】
株式会社若林製本工場

【表紙・扉絵】南伸坊
【フォーマット・デザイン】日下潤一
【フォーマットデジタル印字】飯塚隆士

ISBN978-4-575-66970-1 C0193
Printed in Japan